ちっちゃい使徒とでっかい犬はのんびり異世界を旅します 1

えぞぎんぎつね
Illust
玖珂つかさ

JN080797

CONTENTS

Chicchai Shito to Dekkai Inu wa Nonbiri Isekai wo Tabi Shimasu

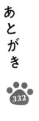

序章
不幸な少年と犬

十五歳の少年ミナトはワンルームの床に直接敷いた布団の中で死にかけていた。

普通なら助かる風邪のような病気である。

だが、金欠で、ご飯を食べられず、栄養失調気味のミナトにとって致命的だった。

あと一日でも早く病院に行っていたら、助かっただろう。

だが、世帯主である母が国民健康保険料を払っていなかったので病院には行けなかったのだ。

母には差し押さえられる財産もなく、必要な手続きも行っていなかった。

窓口で全額払うお金は、ミナトになかった。

病気になり、仕事を休んで、寝ている間にあっというまに肺炎となってしまった。

もう立ち上がる力も無い。

喉が渇いたが、水道は先週に止まった。電気とガスはずっと前に止まっている。

救急車を呼ぼうにも、固定電話もスマホもパソコンもない。そもそもネット回線がない。

「くぅーん」

苦しむミナトに寄り添うのは、生まれた頃から一緒の大型犬タロだ。

タロは、かつて一緒に住んでいた父がどこからかもらってきた大型犬の雑種である。
タロは灰色の長毛種で、体の大きなとても可愛らしい犬なのだ。
タロは心配そうに咥えてきたドライドッグフードを枕元に数粒置いてくれる。
食べてということなのだろう。
「……大丈夫だよ。タロこそ大丈夫？」
大丈夫だというように、タロはその大きな体をそっとミナトに寄せる。
先月、タロも病気になった。胃拡張捻転という手術しなければ死ぬ病気である。
その治療費を捻出するため、ミナトはほそぼそと貯めていたお金を使い果たしたのだ。
「…………母さんが来るのは給料日だから」
母はミナトの給料日にやってきて、お金を受け取るとどこかに行くのだ。
ミナトは母の伝手でコンプラなんて言葉が通じない小さな会社で働いていた。
当然のように最低賃金以下の給与しかもらっていない。
そもそも書類上、ミナトは働いていないことになっている。
「母さんが来るまでタロが生きられれば……きっと母さんが……タロを」
もうろうとした意識で、ミナトはタロのことを考えた。
自分が死んだとして、タロは大丈夫だろうか。
もうタロも老犬なのだ。先月手術したばかりで体力だって落ちている。
給料日まであと十日、いや七日？　五日かもしれない。

もう、日付もよくわからない。

とにかく、それまでタロのドッグフードはもつだろうか。

「タロ。お腹が空いたら僕を食べていいからね」

ミナトはタロの頭を優しく撫でる。

「…………」

熱でもうろうとしたミナトは、おもむろに枕元にあった目覚まし時計を掴んだ。

そして、窓に向かって投げつけた。

熱で弱っているミナトの力で時計は窓に届かなかった。

「わふ？」

困惑しながらもタロはその時計を咥えて戻ってくる。

ミナトが投げてくれたボールを取ってくる遊びであるかのように。

「……まどをわらないと」

あまりの高熱に、ミナトにはせん妄の症状が現れはじめていた。

ここは一階だし、窓さえ割れば、タロは外に出て、誰かに助けて貰える。

そう熱に浮かされ、判断力の無い意識障害の中で考えたのだ。

遊んでくれているのだと思ったタロが拾ってくる時計を、ミナトは窓に向かって投げる。

投げると言うより転がすといった方が近い。

ミナトは自分の力では窓を割ることができないことすら判断できなくなっていた。

ミナトが三回目に投げたとき、時計がぶつかったお皿が割れた。

その音を聞いて、ミナトは微笑む。

「……よかった。タロ、これでだいじょうぶ」

せん妄の中で、窓が割れたと思ったミナトは安心して、ふうっと息を吐く。

「……くぅーん」

「…………」

ミナトはタロを力なく抱きしめると、そのまま深い深い眠りについた。

そして、楽しい夢を見た。

夢の中で、ミナトはまだ子供で、タロは子犬だった。

行ったこともない森の中で、ミナトとタロは走り回って楽しく遊んだ。

◇◇◇◇

夢を見ているミナトから、タロはそっと静かに離れる。

犬のタロでも、ミナトの状態が良くないと言うことはわかった。

ミナトは昨日もその前の日も、何も食べていないのだ。

ドッグフードを食べさせようと枕元に運んでも、食べてくれなかった。

ミナトは喉が渇いているから、ドライドッグフードは食べられないのかも知れない。

公園で汲んできた水が昨日つきたので、ミナトは昨日から水を飲めていないのだ。

このままだとミナトが危ない。

そう考えたタロは、器用に鼻先を使って静かに鍵の掛かっていない窓を開けた。

せん妄で意識障害に陥っていなければ、ミナトもタロが窓から外に出られると気づいただろう。


タロは空のペットボトルを咥えると、開いた窓から外に出て公園へと向かう。

時刻は夜。冷たい雨が降る中、人通りのない道を歩き、タロは公園へとたどり着く。

タロは犬なので、公園の水道を使えない。

だから、水たまりの泥水を一生懸命ペットボトルへと入れる。

雨で体が濡れるのは嫌だが、雨が降っていたのは幸いだった。

ペットボトルに半分ぐらい泥水を入れた後、水がこぼれないように気を付けながら部屋へと戻る。


「くぅーん」

まだミナトは目を覚まさない。

枕元にペットボトルを置くと、再びタロは外に出る。

ミナトのご飯を手に入れなければいけないからだ。

公園のゴミ箱をあさり、食べ物を探す。

そして、底の方にあったあんぱんを見つけ出した。

それは開封済みで、一口かじったあとがあり、雨で濡れていた。

消費期限はとっくに切れているし、少し傷んで、変な臭いがしている。

だがタロにとってはごちそうだった。

これを食べたらきっとミナトは元気になる。

そう思った次の瞬間。

「この野良犬が！　ゴミ箱をあさりやがって！」

タロはお酒の臭いのする男に棒で殴られた。

「きゃうん」

「このやろ！　このやろ！」

酔っ払いはタロをボコボコに殴る。酔っ払いは一人でない。

揃いの服を着た五人の男たちはタロを囲んで楽しそうに殴り続けた。

男たちは、この公園で試合をしたあと酒を飲んでいた草野球チームの者たちだ。

普段からゴミ拾いなどをして公園の美化に強い思い入れがあった。

だから、彼らにとってゴミを漁る野良犬を叩くことは正義だったのだ。

「きゃうんきゃうん」

叩かれてもタロは抵抗しなかった。逃げ道を塞がれているので逃げることも難しかった。

昔、ミナトを助けようと、いじめっ子に向かって跳びかかり転ばせたことがあった。

そのとき、怒られたのはミナトだったのだ。

だから、タロは抵抗しない。ただ、あんぱんを咥えて、必死に耐えた。

「あ、まて！　クソ犬が！」

やっとの思いでタロは隙を見て逃げ出した。

体中傷だらけになっても、傷んだあんぱんだけは、絶対にタロは離さなかった。


部屋に逃げ帰ったタロは、ミナトの枕元にあんぱんを置く。

「きゅーん」

ミナトはまだ目を覚まさない。

ミナトが小さい頃、たまに帰ってくるミナトの母が沢山《たくさん》の菓子パンを置いていった。

それをミナトと一緒に食べるのが、タロはとても好きだったのだ。

菓子パンは全部好きだったが、ミナトとタロが特に好きだったのはあんぱんだ。

ミナトもタロも、甘すぎる菓子パンが犬の体にあまり良くないことは知らなかった。

ただただ、分けあって食べるのが嬉しかった。

タロとミナトの楽しくて幸せな思い出だ。

「……きゅーん」

棒で殴られて痛む体を引きずって、タロはミナトの顔を舐めた。

先月手術した縫合痕が開いて、血が流れているがタロは気にしない。

美味しいパンを食べれば、ミナトは絶対元気になるはずだ。

ミナトの熱は下がったみたいで、いつもより冷たい。

あれほど苦しそうだった呼吸も静かで、まるで息をしていないように感じるほどだ。

きっと、ミナトは回復しつつあるのだ。

そう信じて、ミナトが寒くないようにタロはしっかりと体を寄り添わせた。


ミナトが目を覚まさないまま、朝になった。そして、昼になり、再び夜になった。

ミナトは冷たくなり硬くなった。

やっと、タロはミナトがもう目を覚まさないことを理解した。

「……う、ウォォぉぉぉぉん」

タロは、ミナトが聞いたことのないような鳴き声をあげた。


三日後、無断欠勤について説教してやろうとミナトの職場の上司がやってきた。

上司は安らかな顔で死んでいるミナトと、ミナトに寄り添う血塗れ老犬の死体を発見した。

上司の目には、老犬がミナトをかばい抱きしめているかのようにみえた。

ミナトの枕元には泥水の入ったペットボトルと、腐ったあんぱんが落ちていた。

◇◇◇◇

気がつくと、ミナトは上下も左右もない白い空間を漂っていた。

『ミナト。あなたは死んでしまいました』

いつの間にかミナトの目の前にいた美少女がそう言った。

『あ、ちなみに私は異世界の生命と月の女神、サラキアです。サラキア様と呼んでね？』

サラキアの自己紹介をミナトはなんとなく信じた。

異世界の女神とかそういう信じがたいことも、そういうものだと思ったのだ。

それは、この不思議な空間が持つ不思議な力が信じさせたのかもしれない。

「そっか。死んじゃったか。風邪だと思ったのにな……。タロは大丈夫かな」

ミナトは「やっぱり死んでしまったか」と驚きもなく受け入れることができた。

未練はある。タロのことだけが心残りだった。

『…………ミナト。私の使徒として異世界に転生してくれないかしら？』

「てんせい？」

『そう。ミナトには異世界に生まれ変わって、やってほしいことがあるの』

ミナトがどうしようか悩んでいると、サラキアはためらいがちに言う。

『……ちなみにタロは、もう転生したのよ？』

「え？　タロが？　タロは死んじゃったの？」

『詳しくは話せないのだけど、元々老犬だったし……。それにこの空間は地球と時間の流れが違うし、タロがいつ死んだのかは、明らかにできないのだけど。ミナトが死んだ五年後かもしれないし、三日後かもしれないのだけど』

急にサラキアは口数が多くなった。

まるで何か誤魔化しているかのようだとミナトは思った。

『やましいことはないの。でも、ミナトが死んだ後に地球で起こったことは教えられないのよ』

「……そっか。タロが最後までしあわせだったらいいなぁ」

しばらくサラキアは何も言わなかった。

なんであれ、大切な親友で家族であるタロが転生したのならば、ミナトに迷いはない。

「じゃあ、僕も転生する」

『よかった！　まずは、ミナトに異世界について教えるね！』

次の瞬間、言語ではない情報がミナトの脳内に直接流れ込んできた。

不思議な感覚だ。なんとなく異世界がそういうものだと理解できた。

魔法があって、神様がいて、精霊や聖獣、魔物がいたり呪いがあったりする。

そんな世界らしい。

「ほえー。凄い世界だなぁ」

『地球に存在しないものを、言語で伝えるのは難しいのよ。次にやって欲しいことを伝えるわ』

そういって、女神は微笑んだ。

『異世界でミナトにやってほしいことは呪いと瘴気の浄化なの』

「呪いとか瘴気とかがあるんだ。怖いね」

『そうなの。堕天した神が、呪者という存在を作り出し呪いと瘴気をばらまいているのよ』

今では呪いや瘴気を抑える役目を持った精霊や聖獣といった存在すら呪われ始めている。

そこで神は呪いや瘴気を払うために聖者や聖女という存在を作った。

『それでも、浄化は全く追いついていないのが現状なの』

精霊や聖獣すら呪われ、蝕まれ、最終的に呪者になってしまうことすらあるという。

このままでは地上は呪いと瘴気に覆われてしまう。

『だから異世界人のミナトとタロに浄化の手助けをしてほしいの』

「でも、どうして僕とタロなの？」

『えっとね、神であっても地上に大きく干渉できるわけではないのよ』

聖女や聖者に無尽蔵に力を与えられるわけではないのだ。

『だけど、異世界からの転生者に、特別な力を授けて地上に送り込むことはできるの』

だから、呪いを払うために必要な能力や、異世界で生き延びるための能力は授けてくれるらしい。

『どうかしら？　私たちを手伝ってくれないかしら』

「タロと一緒ならいいよ！」

『ありがとう、ミナト。ミナトならそう言ってくれると信じていたわ！』

嬉しそうに微笑むと、サラキアは言う。

『何か欲しい能力があれば、多少融通できるけど……どう？』

「あ、それなら病気を治す力がほしいかな」

タロが病気になったとき、治療費を集めるのに苦労した。

治療費を集められなかったら、もしくは集めるのが数日遅ければタロは死んでいた。

だから、ミナトは病気を治せるようになりたかった。

『病気治療なら異世界を生き延びるための能力に含まれているから安心してね？』

「よかったー」

『ただ、注意があって……異世界に成熟した状態で転生させるのは難しいの』

「ふむふむ？」

『だから、多少幼い体になるわ。でも、きっとミナトなら大丈夫ね」

サラキアは幼い弟にするかのように、ミナトの頭を優しく撫でる。

『まずは新しい世界に順応することだけを考えて』

「わかった」

『……あ、便利なグッズも一緒に送るわね』

「なにからなにまで、サラキア様、ありがと」

サラキアはミナトをぎゅっと抱きしめた。

『私たちの世界では、タロと一緒にきっと幸せになるのよ』

「……うん」

『呪いと瘴気を払う使命だけに集中しなくていいの。タロと一緒に世界を見てまわって』

「うん」

『気楽にね？　きっと楽しいわ。それにミナトの目を通じて世界を見るのは私も楽しみなの』

サラキアはそういうと、ミナトから体を離す。

ミナトは先ほど頭の中に流れ込んできた情報の一つを思い出した。

どうやら、神が直接世界を覗くことは不可能ではないが、色々と大変らしい。

だからこそ聖女や使徒の目を通して、世界を覗くのが神の貴重な娯楽なのだ。

『どうか。幸せに。ミナトが幸運に恵まれますように』

サラキアはミナトの額にキスをした。

次の瞬間、ミナトは意識を失った。

◇◇◇◇

ミナトがサラキアに出会う少し前。

『人のために尽くした一生。見事であった』

「……わふ？」

タロはサラキアの父である至高神の前にいた。

『犬という種族には徳の高い者が多いが、そなたは犬の中でも特別だ』

神々は犬という種族を高く評価している。だから、死後、犬は幸せになるのが普通だった。

『そなたを、我らの仲間、神の一柱として迎えよう』

犬の中でも特に高く評価されたタロは神となる資格を得たのだった。

「わふ〜」

『ミナトも一緒に神にしてほしいのか？　むーん、ミナトは神になるには少し徳が足りぬ』

死の間際までタロを気遣い、自分の体を食べてと言ったのはかなり徳の高い行為ではあった。

だが、神格を得るには少し足りないというのが至高神の判断だ。

「わふ！」

『む？　ミナトが一緒じゃないなら神にはならないと？』

タロはわふとしか言っていないが、至高神との間では会話が成立していた。

『だがタロよ。我が娘サラキアがミナトを我らの世界に転生させようとしておるのだ』

「わふ？」

『ミナトが、我が娘から与えられた使命を果たせば神になれるであろう』

「わふ！」

『ミナトが使命を果たす様子を、神となりここから見守ろうではないか』

「ばふ！」

『む。一緒に地上に転生し、ミナトを助けると』

「わう！」

目を輝かせ、尻尾を振りながら、タロは力強く吠えた。

『転生すると子犬になるがよいか？』
「わふ……」
『ミナトを守れないと困るから大きくて強い体が欲しいと。それは安心するがよい』
そして、タロも転生することになった。
タロが望んだのは、ミナトを守れる大きくて強い体。
他にも至高神から色々と力を授けられたうえで、タロは地上へと転生したのだった。

一章

異世界に転生したちっちゃい使徒《幼子》とでっかい神獣《子犬》

異世界に転生して一週間。

ミナトとタロは異世界に順応していた。

送り込まれたのは、少なくとも半径十キロメートルには人のいない奥深い森の中。

「タロ、あっちいってみよ！」

「わふ！」

前世のころと同じように、ミナトとタロは散歩していた。

リードはないが、タロはミナトから離れない。

「わふわふ〜」

「あ、うんこ？　いいよ、穴掘るから待ってね」

転生したおかげか、ミナトとタロはこれまで以上に意思の疎通を取れるようになった。

今ではお互いが何を言いたいのかはっきりとわかる。

「サラキア様からもらったナイフを使うと穴掘りも簡単だねー」

「わふ！」

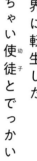

前世ではうんこは回収しなければいけなかったが、誰もいない森の中なので埋めればいい。

ミナトが穴を掘るのを、タロはおとなしく待っている。

「いいよ！」

「わふぅ〜〜」

異世界に来ても、ミナトとタロは毎日散歩をしていた。


散歩を終えると、食事の準備だ。

「タロ、焚火の準備できたよ！」

「わふ？」

「枝をさすのは、まかせて」

タロが獲ってきた川魚に、ミナトが枝をさす。

そして、ミナトとタロで集めた焚き木を燃やして、あぶって食べるのである。

「わふわふ！」

タロが尻尾を振りながら、僕が火をつけると言っている。

「いいよ。でも、タロにできるかなー」

「わぁぁふ」

タロは今日はできると思うと小さく鳴きながら、魔法で火を出そうとする。

——ぷしゅ

だが、少し熱めの鼻息が出ただけだった。

「……わふ」

タロは目に見えて、しょぼんとした。

「あ、でも、昨日より熱そうかも。もうちょっとだけ威力を高めてみて」

「わぅ」

タロはほんの少し力を込めた。

——ボォ
今度は地上に小さな太陽ができたのかと思うほど、熱い火球が出た。

周囲が一気に熱くなり、焚き木は一瞬で灰になった。

「……わふ」

タロは焚き木を灰にしてごめんねと謝った。

「大丈夫、まだ用意してあるし！」

そういって、ミナトはタロを撫でまくる。

「それに最初のは昨日より少し温度があがってたし、あとの方は昨日より少し弱くなってたよ！」

「わふ？」

「うん、ほんと」

異世界に来たばかりのころ、タロはもっと火魔法の加減ができなかった。

タロがあまりにも強すぎたからだ。

「今日は僕が火をつけるね。そろそろ魔力があがりそうなんだ」

「わふわう！」

タロだけでなく、ミナトも火魔法を使える。

「むむむ！　ふぁいあー！」

気合を入れたミナトが、大きな声を出しながら、焚き木に右の人差し指をびしっと突きつけた。

左手は腰において、足は肩幅に開いている。

指先から小さい炎が出て、焚き木に火がついた。

「わふわふ！」

「かっこいい？　ありがと。でも。左手はこっちの方がいいかな？」

「わふ〜」

ミナトとタロはかっこいいポーズの研究に余念がなかった。

ミナトの体の年齢は五歳。

だから、かっこいいポーズにあこがれるのは仕方のないことだった。

頭が痛いときに楽しい気分になれないように、体の状態に精神は大きく影響を受けるのだから。

「あ、いい匂いしてきた」

「わふわふ」

タロはミナトのつけた火で焼いた魚は特に美味しいという。

「味は変わんないよー。でも、焼いたほうがおいしいね！　それに生だとおなか壊すもんね」

「わふ〜」

川魚が焼きあがると、ミナトとタロは分け合って食べるのだ。

塩もふっていないただの焼いた魚だ。

「いただきまーす」「わふ〜」

ミナトは川魚をほおばった。

口の中が強烈な生臭さと泥臭さでいっぱいになる。そして苦み。

そして最後に、ごくわずかに、ほんのりとした甘みがあった。

「おいしい！」「わふ〜」

だが、ミナトとタロは、おいしいと思って食べている。

「あぶらがのってるね！」

「わふわふ！」

ミナトとタロは舌がバカなわけではない。

生臭さと苦さの奥に隠れている、脂ののった白身の味を楽しんでいた。

前世のミナトとタロは飢えていることが多かった。だからまずいの基準が極めて低かった。


「おなかいっぱい」「わふ〜」

食べ終わるとミナトたちは寝床に戻る。

寝床は、何かの獣が使っていたらしい洞穴だ。

最初、洞穴の中に呪者がいたが、タロが退治して住処にしたのだ。

呪者がいたせいか洞穴の中はとても臭い。

だけど、雨風が入り込まないので、ミナトもタロも満足していた。

雨風さえしのげて、ミナトはタロが、タロはミナトが隣にいれば、それで幸せなのだ。

布団がなくても、サラキアがくれた衣服のおかげで寒くはない。

サラキアがくれた服は茶色っぽいパンツと長袖のシャツと灰色のコートだ。

靴は何かの革のミドルカットのブーツである。

パンツもシャツも謎の素材で、通気性が良く、コートは雨をよく弾きそうだった。

寝床に横たわると、ミナトは手櫛でタロの毛を丁寧に梳いた。

前世のころは安いブラシを使っていたが、今はブラシがないので手でやっている。

「タロは毛が長いから、梳かないとすぐ毛玉になっちゃうもんねー」

「わふ〜」

気持ちよさそうにタロは目をとろんとさせている。


タロの毛づくろいが終わると、ミナトは適当に刈り集めた雑草を敷いた寝床で寝っ転がる。

そして、一冊の本を取り出した。

「魔力はあがったかなー？」

「わふわふ〜？」

その本の名はサラキアの書。サラキアが転生する際にミナトに託した神器である。

革張りで大きさはA5ぐらい、厚さは二センチほど。

小さいのにミナトとタロの情報と、この世界の色々な知識が書かれている便利な本だ。

しかも、適当に開けば、そのときミナトが知りたいことが書かれているページが開かれるのだ。

もちろん、万能ではなく、神サラキアの知っていることしか調べられない。

神は全知ではなく、基本的に使徒の目を通じたものしか見ることはできない。

それゆえ、いま何が起こっているかは、ミナトが見ている以上のことはわからないのだ。

それでも、充分便利な本ではある。


「どれどれ」「わふ～」

ミナト（男／5歳）
HP：5／5（生命力。これが0になると死ぬ）
MP：3／5→8（魔法を使うと減る。これが0になると気絶する）
体力：5（体の丈夫さ。寄生虫や毒、病気に対する耐性も含まれる）
魔力：5→8（高いほど魔法の威力が高くなり消費魔力が減り、魔法に抵抗しやすくなる）
筋力：5（筋肉の力）

敏捷：5（素早さ）

スキル
「使徒たる者」
・全属性魔法Lv《レベル》0　・神聖魔法Lv10　・解呪、瘴気払いLv10
・聖獣、精霊と契約し力を借りることができる　・言語理解　・成長限界なし　・成長速度＋
称号：サラキアの使徒
持ち物：サラキアの書、サラキアの装備（ナイフ、衣服一式、首飾り、靴、鞄）

「あ、MPと魔力が3あがってる！」

「わふ！」

「火魔法使った効果だね！　タロのも見てみよっか」

ミナトはサラキアの書のページをめくった。

タロ（男／5歳）　※成長度は3か月の子犬に相当
HP：9115／9115

ＭＰ：３０１２／３０１５
体力：８９１０
魔力：６８１２
筋力：７１２０
敏捷：６８３０

スキル
「神獣たる者」
・全属性魔法Lv89　・ステータスに＋補正
「強くて大きな体」（とても強い）
称号：至高神の神獣
持ち物：至高神の首輪

「……わふ」

「タロのステータスは変わってないけど、元からすごいから気にしなくていいんだよ！」

「わふ？」

「うん。タロはすごい、かっこいい！」

「わふわふ～」

ミナトとタロはじゃれあって遊ぶ。

ミナトはタロを撫でまくり、タロはベロベロとミナトの顔をなめた。

しばらくじゃれあったあと、ミナトははぁはぁ息を整えながらタロに抱きついた。

「ちゃんと訓練しないとねー。タロに追いつかないと」

「わふ～」

至高神に「大きくて強い体」を願ったタロは強さが尋常ではないことをミナトは知らなかった。

だから、自分は弱いし、足手まといにならないよう早く強くならないと、と思っていた。


普通の五歳児のステータスの平均は5だし、成人男性の平均も20前後だ。

戦闘職で30前後。熟練者で60前後だし、１００もあれば一流だ。

２００に達すれば、伝説である。

スキルの後ろに書かれた数字はスキルレベルだ。

レベルの意味は、０はギリギリ発動できる程度。

魔法スキルLv１があれば、それなりの水準だ。初級魔法を日に一、二回使えるレベル。

10もあれば熟練者だし、Lv20も魔法スキルがあれば宮廷魔導師になれる。

魔法スキルLv30台の魔導師は国に数人しかいないし、宮廷魔導師長もこのあたりだ。

魔法スキルLv40台の魔導師は大陸有数の存在だし、Lv50もあれば賢者と称される。

Lv60台など、歴史上も数えるほどしかいない。もはや伝説上の存在だ。

タロのステータスは、一頭で国を亡ぼせるという伝説の古竜《エンシエントドラゴン》並み、いやそれ以上だった。

「僕も早く強くならないとね！　練習しよ」

「ばうばう！」

ミナトのステータスは五歳児としては一般的だ。

スキルはいろいろと強力なのだが、ミナトもタロも気づかなかった。


異世界にやってきて、三週間が経った。

ミナトとタロは、毎日元気に、強くなるための特訓に励んでいた。

ミナトもタロも根が真面目なのだ。

「すごいすごい！　さすがタロ！」

「わふわふ！」

だが、その特訓はまるで遊んでいるようだった。

ミナトが投げた木の枝をタロが追いかけたり、一緒に追いかけっこしたりしているのだ。

あるときは向かい合って座って「むむ～」「わむう～」と唸るのだ。

それはサラキアの書に載っていた瞑想訓練だったが、にらめっこにしか見えなかった。

「面白いねぇ！」「わふ～わふ～」

ミナトの肉体は五歳になり、タロは巨大だが成長度合いは三か月の子犬相当である。

ミナトもタロも肉体に引っ張られ、精神面でとても幼くなっていた。

川や森の中で、特訓と称して駆けまわっていると、呪者と遭遇することがある。

「あ！　呪者だ！」

「わふわふ〜〜」

するとタロが一気に駆けて爪で切り裂き退治する。

「タロ〜。僕が見つけたのに！　もう！　さっきのは弱そうだったから僕にまかせてよ」

「わふ？」

「またごまかして。いい？　次こそはおねがいね？」

「わふ！」

「あ！　呪者だ！　むぅぅえい！　ホーリー！」

ミナトが使ったのは神聖魔法。ホーリーという名はミナトが勝手につけただけ。

魔法といっても、自分の魔力をそのままぶつけるという単純な技だ。

使徒、つまりサラキアの地上での代行者であるミナトの魔力は神聖なのだ。

それゆえ、呪者には非常に効果があった。

「これで今日二体目だね！」

ミナトたちが送られた場所には、一日に三回ぐらい呪者が現れていた。

「弱いのしかいないし、きっとサラキア様が練習しなさいって言ってるんだよ」

「わふ〜」

「タロは強いから練習しなくていいの！　あ、呪者よけにサラキア様の像も作ろ」

「わふわふ〜」

ミナトとタロは泥をこね始める。五歳なので泥遊びもすごく楽しいのだ。

タロも鼻と前足を使って、一生懸命こねて何かを作ろうとしていた。

「これはサラキア様！」

泥で作った不細工な崩れかけたこけしみたいな塊を、ミナトはサラキア像と言い張った。

「ばう！」

泥を前足でこねていたタロがどや顔で「ミナト！　みて！」とアピールしている。

それは、今朝タロがしたうんこの塊にそっくりだった。

今朝のうんこを直立させたら、見分けがつかないかもしれないほどだ。

「へー、至高神様ってそんなかんじなんだ！」

「ばうばう！」

どうみてもうんこの塊なのだが、タロは「よくできた」と自信ありげだ。

「そっかー、タロはすごいなぁ」

ミナトは娘のサラキア様はかわいいのに、お父さんはうんこみたいなんだなぁと思った。

ちなみに神像づくりは魔力を高める訓練方法としてサラキアの書に載っていたものだ。

魔力が高まる理屈は、瞑想効果がどうのと書いてあったが、ミナトたちは読み飛ばした。

それに神像はお守りにもなるらしい。

だから、ミナトとタロは寝床の周りに沢山神像を並べていた。


神像作りが終わったら、川遊びだ。

浅いところで、ミナトとタロはじゃれあって遊ぶ。

「あっ！」

「わふ？」

「すごいの見つけた！」

ミナトは川底で赤い石を見つけた。

小指の先ぐらいの大きさでキラキラしている。

「かっこいい」

「わふ～」

「あ、こっちにもある！」

「わ、わふう！」

「あつめよう！」

「わふ！」

とても綺麗だったので、すごい価値のあるものだと、ミナトとタロは思ったのだ。

一生懸命赤い石を拾って集める。

「サラキア様の鞄にいれておこう！」

「わふ～」

だが、それはこの辺りで沢山とれるザクロ石だった。

子供が簡単に見つけられる程度の珍しさだ。買取価格はたかが知れてる。

「えへへ。すごいもの手に入れた」

「わふわふ～」

「そうだね！　あんぱんだって買えるかもね」

ミナトとタロは一生懸命あまり価値のないザクロ石を沢山集めた。

石集めと、遊び（訓練）が楽しくて、毎日があっという間に過ぎていく。

お腹がすいたら、川魚や木の実を食べ、石を拾う。

眠くなったら寝て、目を覚ましたら遊びのような訓練をして過ごした。


さらに一週間、つまり転生から数えて四週間が経った。

相変わらず呪者は（弱いものばかりだったが）襲ってきた。

巣穴の周りに並ぶ不細工なこけしのサラキア像が十体ぐらいに増えた。

ミナトの作るサラキアの造形は少しずつ進化しつつあった。

成長速度＋の効果で、上達が早いのだ。

一方、うんこみたいな至高神像も巣穴周りに十体あるが、造形は相変わらずだった。

いつものように、神像づくりを終えたミナトたちはお昼ご飯を食べることにした。

焚火の準備をしおえたミナトがタロに声をかけると、

「タロー、準備できたよー……タロ？」

「…………………ぴぃー」

タロは鼻を鳴らしながら、ミナトのところに駆けてくると、

――ビチャ
口から地面に、びくびく動く黒い物体を落とした。

それはドロドロのヘドロに覆われており、もはや何の生き物かわからない。

そのうえ、すごい悪臭を放っていた。呪者にそっくりだ。

「助けないと！」

ミナトは一目で、その子が呪者ではなく呪われている子だとわかった。

それがサラキアの使徒としての能力なのだ。

「わふ～」

タロは川魚を獲っていたら、上流から流れてきたから連れてきたのだという。

「解呪はたしか……」

サラキアの書には呪いの解き方も書いてあった。

根が真面目なミナトは、使命に関するその部分はしっかり読んでいたのだ。

「そっと触れて、僕の魔力を流す感じで……」

それがサラキアの書に載っている沢山の解呪方法の中でも一番簡単な方法だ。

「むむむ」「わふわふ」

タロに応援されながら、ミナトは呪われた子に自分の神聖な魔力を流す。

すると、ヘドロのような部分がゆっくりと蒸発するかのように消えていく。

ヘドロの中から現れたのは、ミナトもタロも見たことのない鳥だった。

羽根は綺麗な赤色で、頭からお尻まで五十センチ程度。

ちょうどカラスぐらいの大きさだ。

「きれいな鳥さんだね」「わふ」

ミナトはぐったりした赤い鳥を抱きあげて、サラキアの書を開く。

「確か解呪したあとは体力がないから、要注意なんだよね」


【解呪後の処置】

怪我や病気があれば治療しましょう。

その後はご飯を食べさせて、しばらく休ませてあげましょう。

「怪我は……してなさそうだけど……病気はどうかな？」「わふわふ」

ミナトは赤い鳥を隅々まで観察する。そしてタロは心配して赤い鳥をベロベロなめる。

「怪我も病気もなさそうだけど……」「わふ〜」

ミナトもタロも、診察は素人（素犬）なので、よくわからなかった。

「念のために治癒魔法を使ってみよう」

「わふ！」

いままで特訓してきたのはこういう時のためである。

「むむむむ！　ヒール！」

気合を入れて力を込めると、ミナトの両手が放つ光が赤い鳥を包み込む。

「成功かな？」

「わふわふ！」

タロが「すごい、天才！」とミナトをほめる。

「えへへ、ありがと。……でも、鳥さんうごかないね」

「わふ〜」

「寝ているだけ？　そうかも？　まだ体力がないのかも。あ、なに食べるか調べよう」

「わふっわふ！」

困った時のサラキアの書だ。

【聖獣フェニックスの幼鳥】

成長すれば体長一メートルを超す。尾羽を入れた全長は三メートルを超える。

卓越した火魔法の使い手で、非常に強力。

不死と思われるほどHPと体力は非常に高い。ただし不死ではない。

同じ炎の聖獣サラマンダーとはライバル関係にある。

人の食べるものはなんでも食べるが、なんでも焼いた方が好み。生でも健康に影響はない。


「なんでも食べるって」

ミナトとタロは食べ物の記述ばかり気にしていたので、フェニックスの文字を読み飛ばした。

ミナトもタロも慌てていたのだ。

「わふわふ！」

タロが「まってて。さかなとってくる」と言って駆けだした。

「タロ、ありがと！　僕はルコラの実を焼いて待ってるね！」

「わふ〜」

ルコラの実とは、黄色いリンゴみたいな外見でレモンの五倍ぐらい酸っぱい木の実だ。

サラキアの書によると、ルコラの実はとても体に良いらしい。

前世のころ、ミナトの母が職場の飲み屋から腐りかけのレモンをもらってきたことがあった。

ミナトとタロはレモンをとてもおいしく感じバクバク食べたものだ。

タロは他の犬と違ってレモンを好む。

きっとそのころのミナトとタロにはビタミンCが足りていなかったのだろう。

だから、酸味の強い果物は、ミナトとタロの大好物になったのだ。

「ルコラの実って焼いたらおいしいのかな？」

ミナトはフェニックスの幼鳥を抱っこしたまま、焚き木に火をつけることにした。


焚き木に火をつけてから、ミナトはサラキアの鞄からルコラの実を取り出した。

そんな作業をしている間、焚火の熱でフェニックスの体が温まっていく。


「……きゅ」

「気が付いた？」

体温が上がったことで、フェニックスの幼鳥は気が付いた。

目を覚ましたフェニックスの幼鳥は、ミナトの持つサラキアの鞄をじっとみて力なく鳴いた。

「この鞄が気になるの？　これはね……」

ミナトはルコラの実を焚火の中に三個入れつつ、赤い鳥に鞄の説明をする。

サラキアの鞄は、一見普通の革製のリュックだが、神器だ。

容量がものすごく大きいうえ、いくら中にものを入れても重くならないのだ。

しかも、中身の状態が変わらないので、川魚やルコラの実を入れて放置しても腐らない。

「こういう時のために、ルコラの実だけでなく、川魚も鞄に入れておいたほうがいいのかも？」

川魚獲りはミナトとタロにとって楽しい遊びなので、保存するという発想がなかったのだ。

説明している間に、ルコラの実の皮が焦げ始める。

「むう～。おいしいのかな？　これ」

ミナトは木の枝を箸のようにつかって、ルコラの実を焚火から取り出した。

「あつっあつ！　……食べられそう？」

ミナトはサラキアのナイフを使って、ルコラの実を二つに切った。

皮は焦げていたが、中はまだ冷たい。

「……きゅ」

「すっぱいけど、おいしいよ。それに体にもいいんだって」

フェニックスを安心させるためにミナトはルコラの実をかじって見せた。

「ううぅぅぅ！　焼いてもすっぱい！　……でもおいしい」

「きゅ～」

食べたそうにしているので、ミナトはサラキアのナイフで少し切り取って口元へ運ぶ。

「きゅ……ぴぃぃぃぃぃ……」

あまりの酸っぱさにフェニックスは全身をぶるぶるさせた。

そして「だました？」と言いたげにミナトを見る。

「口に合わなかった？　むう。おいしいんだけど……」

ミナトがフェニックスの信用をわずかに失ったところにタロがやってくる。

「……ばふ」

タロは口の中にふくんでいた三匹の川魚を地面に落とす。

「ありがと！　すぐに焼こうね」

ミナトはそのあたりに落ちていた枝を川魚に突き刺して、焚火で焼いていく。

その作業をフェニックスはじっと見つめていた。

「タロ、ルコラの実を焼いたから食べて」

「わふ～」

「この子はあまり好きじゃないみたいなんだ」

「わふ？」

タロは「おいしいのに？」と首をかしげながら、皮の焦げたルコラの実にかぶりつく。

すると柑橘系の酸っぱそうな匂いが周囲に漂う。

「食べたくなったらいつでもいってね？」

ミナトもルコラの実をむしゃむしゃ食べる。

「…………きゅ」

フェニックスはそんなミナトとタロを尊敬の目で見つめていた。

こんなに酸っぱい食べ物を平然と食べるお二方はさぞかしつらい修行をつんだに違いない。

ルコラの実の酸味は、並みの生き物に耐えられるようなものではないのだから。

そうフェニックスは思ったのだった。

「わふばふ！」

「もう焼けたかな？　もう少し焼いた方がおいしいいんじゃない？」

「ばふ〜」

タロはちょっとぐらい生の方がおいしいと主張する。

「そうかな？　そうかも？」

ミナトは川魚を手に取って、フェニックスの口元にもっていく。

「食べられそう？　こまかく切った方がいい？」

「きゅ」

フェニックスは川魚の内臓あたりにかぶりつく。

「おお〜食べてくれた」「わふわふ！」

内臓を食べつくすと、まだ焼いてある川魚をじっと見る。

「おなかを食べたいのかな。ちょっとまってね。……はい、どうぞ」

もう一匹をフェニックスの前にもっていくと、

「きゅきゅ」

おなかの部分をバクバク食べた。

「おお〜」「わふわふ！」

「きゅ」

「もう一匹もどうぞ」

「きゅ〜」

川魚三匹のおなか部分だけ食べると、フェニックスは眠りはじめた。

「おなか一杯になったかな？」

「わふ〜」

「僕たちも食べよっか」

「わふ！」

眠ったフェニックスを撫でながら、ミナトとタロはフェニックスの食べ残しを食べる。

「頭もおいしいのにねぇ」

「わふ〜」

食べながら、ミナトはサラキアの書を、改めて読んだ。

「む？　この子聖獣フェニックスなんだって」

「わふ!?」

「……たしか聖獣って、呪いや瘴気を抑える力を持ってるんだよね」

ミナトはサラキアの言葉を思い出していた。

「そんな聖獣すら呪われるほど、今の地上は大変な状態なんだって！」

「わふ〜」

タロはミナトの博識さに尊敬の念を一層深くした。


それからミナトとタロはフェニックスを看病した。

看病といっても、川魚を食べさせて、一緒に寝床で寝るぐらいである。

フェニックスは次の日には、だいぶ元気になった。

ミナトの肩やタロの背中に止まって、魚獲りに同行したし、神像づくりを見学していた。

フェニックスは懐いていき、二日後には暇さえあればミナトにほおずりするほどになった。


三日後の朝、ミナトとタロが目を覚ますと、

「ぴ〜〜」

「わぁ！」「わふ〜」

フェニックスは元気に、そして優雅に寝床の洞穴の中を飛んでいた。

「不思議な飛びかただねー」「わふぅ〜」

ミナトとタロは飛ぶフェニックスを眺めながらつぶやいた。

普通の鳥が飛ぶような感じではない。洞穴の中を滞空しているのだ。

かといって、宙に止まるハチドリのように高速で羽ばたきしているわけでもない。

ふんわりと羽ばたいて、宙に浮いている。

「聖獣だからかなー」「わふ〜」

ミナトとタロがそんなことを話していると、フェニックスが降りてくる。

そして、ミナトの眼前で宙に止まる。

「きゅ〜！」

フェニックスは、ミナトとタロに助けてくれてありがとうとお礼を言う。

「いいよ〜きにしないで」「わふ〜」

この三日間で、ミナトはフェニックスの言いたいことがどんどんわかるようになっていた。

スキル「使徒たる者」の効果、言語理解が成長したためだ。

だが、ミナトはあまり気にしていなかった。

「きゅっきゅ！」

「友達になりたいの？　いいよ！」「わふ〜」

ミナトもタロも、もう友達のつもりだったので、断る理由はない。

「ぴゅ〜」

フェニックスはミナトに名前を付けてほしいとお願いする。

「たしかに名前がないと不便だもんね。でも名前かー。タロ、なにかいいのないかな？」

「ばう〜」

タロは大好きなものの名前をあげた。

「あんぱんかー。でもこの子はあんぱんって感じじゃないと思う」

「ばう？」

「くりーむぱんって感じでもないと思う」

「わふ〜」

却下されても、タロは「そっかー」という感じで気にしていない。

こだわりがあったわけではないらしい。

「ぴ〜」

「うーん。じゃあ、ピッピ！　ピッピってどう？」

残念ながら、ミナトにはネーミングセンスがなかった。

ぴいぴい鳴くから、ピッピというだけの適当な名づけだったのだが、

「きゅ〜！」

ピッピはすごく喜び、はしゃぎながらも器用に洞穴の中を飛び回った。


それからミナトたちは一緒に洞穴の外に出て、朝ご飯を食べる。

今日はみんなで川魚を獲ることにした。

ミナトたちにとって、川魚を獲ることも、楽しい遊びなのだ。

「今日は十匹も獲れた！」「ぴ〜」

ミナトとピッピは協力して二匹。残りの八匹はタロが一頭で捕まえた。

「わふ〜」

「そうかなー？　僕もだいぶ魚を獲るのうまくなったかな？」

「わふ！」

そんなことを話しながら、調理するために洞穴の前まで戻っていく。

「みててね！」

「わふ～」「ぴぃ～」

「むむ……はぁぁぁファイアアアアア」

タロとピッピに見つめられながら、ミナトは気合を入れて、かっこよく指を焚き木に突きつける。

――ゴオオォォオオオォォォ
ミナトの指から、直径一メートルの真っ白い火球が飛び出して、焚き木を一瞬で灰にした。

ミナトはいつも通り小さな火を出したつもりだったのに、あまりにも火力が強すぎた。

「…………おお」「…………わふぅ」

「ぴっぴぃ！　ぴいぴいぴい」

ミナトとタロは突然のことに固まる中、ピッピだけが楽しそうにはしゃいで飛びまわった。

「おかしいな？」

「わふわふ～」

「そうだね。こういうときはサラキアア様の書だね！」

ミナトはサラキアの書を鞄から取り出して、開いてみる。

ミナト（男／5歳）
HP：12／5↓32
MP：35／8↓47
体力：5↓38
魔力：8↓34
筋力：5↓18
敏捷：5↓26
スキル
「使徒たる者」
・全属性魔法スキルLv0　・神聖魔法Lv10↓12　・解呪、瘴気払いLv10↓12
・聖獣、精霊と契約し力を借りることができる　・言語理解　・成長限界なし　・成長速度＋
「ピッピと契約せし者」
・悪しき者特効Lv26　・火炎無効（不死鳥）　・火魔法（不死鳥）Lv＋56
契約者
・ピッピ（聖獣フェニックス）
※ステータスはこまめに確認しよう！

「おお、すごく成長している！」

「わふわふ！」

「あれ？　契約？　友達になっただけなのに」

「きゅ～きゅきゅ」

友達になるということが、契約だったようだ。

「ばうばう！」

「そうだね、タロのも見ようね」

タロのステータスを見たら、ほとんど成長していなかった。

「……わぅ」

「タロは最初から強いからね。成長はゆっくりなんだよ」

そういって、ミナトはタロを慰めた。

「わふ？」

「うん、タロは強いよー」

「わぁうわぅわう」

ミナトに褒められて、タロは嬉しそうに尻尾を振った。

「ぴぃ～」

「んー。ピッピのステータスは見られるかなぁ。試してみるね」

ミナトはサラキアの書をめくる。

ピッピ（男／8歳）
HP：157／203
MP：38／241
体力：278
魔力：235
筋力：81
敏捷：157
スキル
「炎の聖獣」
・悪しき者特効Lv52　・火炎魔法Lv112　・火炎無効
「サラキアの使徒と契約せし者」
・解呪、瘴気払いLv＋6
契約者
・ミナト（サラキアの使徒）

「おお、ちゃんと見られた。さすがサラキア様の神器！」

「きゅっきゅ」

ピッピは食い入るように自分のステータスを見つめていた。

それをミナトとタロも一緒に見つめる。

「僕に【火炎無効】と【火魔法】とかが付いたのはピッピと契約したからかな」

「わふ？」「ぴぃ？」

「こんなときこそ、本で調べよう！」

ミナトは確認するためにサラキアの書のページをめくる。


【使徒と精霊・聖獣との契約】

使徒は以下の条件を満たした精霊・聖獣等と契約することができる。
・信頼関係がある。　・互いに契約することを望んでいる。
契約の方法
・互いに合意した後、使徒が精霊・聖獣等に名前を付ける。
契約の効果
・使徒は精霊・聖獣等の持つ一部のスキルを獲得できる。ステータス増加効果。

・精霊・聖獣等は解呪、瘴気払いのLvアップ。
※契約することで、使徒は強力な力を得ることができる。
獲得スキルLvやステータスの増加量は相性や精霊・聖獣等の強さ、格によって異なる。


「強い精霊や聖獣と契約するほどスキルLvとかステータスが上がるってことかな？」

「わあぅ～？」

精霊や聖獣も解呪がレベルアップするなら、契約しない理由がない。

「どんどん契約していった方がよさそうだね！」

「わふ～」「ぴぃ～」

ミナトはどんどん契約して、強くなろうと心に決めた。


ピッピと契約した次の日のこと。

ミナトが目を覚ますと、タロが「ふんふん」言いながら鼻でサラキアの書をめくっていた。

サラキアの書は使徒以外は読むことができない。

だが、サラキアの配慮で、タロは特別に読むことができる仕様になっているのだ。

「タロ？」

「きゅーん」

ミナトがタロの開いたページを見ると、

※ミナトは神獣と契約できる段階ではありません。頑張ればいつか契約できるかもしれません。

と書いてあった。

「……わふ」

タロはしょんぼりしている。

ミナトと契約する方法が知りたくて、こっそり調べていたらしい。

「契約しなくても、タロは僕の特別だからね」

「わふ」

ミナトはタロをぎゅっと抱きしめた。タロは尻尾をゆっくりゆらす。

「僕も頑張るからね！」

「わふわふ！」

そんなことをしている間、ピッピは気持ちよさそうに眠っていた。

それからしばらくして起きてきたピッピと一緒に川魚とルコラの実をとりにいく。

食料を確保した後は、洞穴前に戻って焚火の準備だ。

「みててね？」

「わふ～」「ぴ～」

ミナトは、ゆっくり指を焚き木に向ける。

「…………ぇぃ。ふぁぃぁ」

そして、そうっと指先から炎を出した。

それはとても小さくて、弱々しい炎だった。

「あ、やった！　できた！」

「わふわふ！」「ぴっぴぃ～～」

タロもピッピも「さすがミナト！」と絶賛している。

「ありがとありがと！」

ミナトの出した炎は焚き木にともって、少しずつ大きくなりつつある。

ここのところ、ミナトの出す炎が大きすぎて、焚き木を一瞬で燃やしてしまっていたのだ。

火魔法のレベルが急に上がったことにより威力が跳ね上がったせいである。

「タロの苦労が少しわかったよー」

「わふ～」

ミナトは焚火で川魚とルコラの実を焼いていく。

それが終わると、火魔法の専門家であるピッピの指導が始まる。

「わかった！　もう少し炎の中心を意識する！　だね！」「わふわふ」

「ぴぃ～」

魔法の制御の方法は、火魔法だけでなく全属性に応用できるものだ。

使徒のスキル【成長速度＋】の効果もあり、ミナトの魔法制御はどんどん上達していった。

「こうかな。ぇぃ」「わふ～」

「ぴっぴぃ～」

ミナトだけでなくタロもピッピの指導を受けて、魔法制御が急速にうまくなりつつあった。


魔法制御の訓練を終えて、ミナトたちは生臭い川魚とレモンより酸っぱいルコラの実を食べる。

「おいしいねぇ」「わふわふ！」「……ぴぃ～」

ピッピは川魚もルコラの実もあまり好きじゃないようだった。

だが、他に食べ物がないので、食べるようになった。

ミナトたちがおいしいご飯を楽しんでいると、

「むむ？」「わふ？」「ぴ？」

遠くから大きな猪が歩いてきた。

猪の右側には、黒いヘドロのようなものがこびりついている。

ミナトは手にしていた川魚を慌てて口に入れて、猪に向かって駆けだした。

タロとピッピも、ミナトをすぐに追いかける。

「だいじょうぶ？　すぐに解呪するね？」

「……ぶぼ」

「お礼なんていいよ。はあああ……」

ミナトが黒いヘドロ部分に手を触れて、力をこめると蒸発していく。

「これで大丈夫」

「……ぶぼぼぼ」

「楽になったならよかったよ。治癒魔法もかけるね？」

「……ぶぼ」

「そうだ、ご飯食べていってよ」

遠慮する猪に、ミナトは少し休んだ方がいいと説得した。

猪は自分で歩ける分、ピッピより元気だが、それでも体力が減っているのだ。

「ばふ！」

タロが「魚とってくるね！」と走っていく。

「ありがと、タロ。……ええっと、これが一番焼き加減がいい感じだからどうぞ」

そして、ミナトは焼いた川魚を猪に差し出した。

「酸っぱいけどおいしいルコラの実もあるから、えんりょしないでね！」

「ぶぼぼぼ」

猪は川魚をゆっくり食べながら「何から何までありがとう」とお礼を言う。

「いいよー。でもよく僕の場所がわかったね」

「ぶぼぼ」

「え？　この辺りは一帯が神域に近い聖なる領域になっているの？」

「ぶぼ～」

猪は周囲に転がる沢山のサラキア像と至高神像を見る。

「神様の像のおかげかー」

お守りになると書いてあったが、神域に近い領域になることを知らなかった。

「ぴぃ～」

「え、ピッピも神像の気配でやってきたの？」

どうやら、ピッピも呪われて死にかけたときに聖なる気配を感じて飛んできたらしい。

ピッピの場合は途中で力尽き、川に落ちたところをタロに助けられたのだ。

「神像づくりも役に立ったんだなぁ」

「……わふ～」

そのとき川の方から、大きな川魚を咥えたタロが戻ってくる。

「タロ、ありがと……その子は？」

タロの後ろには十匹ぐらいのネズミがついてきていた。

「ちゅちゅー」

「あ、呪われているね。まかせて」

ネズミの呪われ具合は猪よりさらに軽い。

体の一部に黒いヘドロがついている程度だった。

「このぐらいならすぐ払えるよー。はぁぁぁぁぁ！」

ミナトはネズミの呪いをどんどん払っていく。

「ちゅ〜」

「みんなもご飯食べていってよ。解呪のあとは体力がないからね！」

そういいながら、ミナトは治癒魔法もかけていった。

ネズミたちにふるまうために、タロは急いで川魚を、ピッピはルコラの実をとりにいった。

「どんどん食べてねー」

「ちゅちゅちゅ〜」

そこにさらに、呪われた狐がやってくる。

「きゅーうん、きゅん」

「あ、すぐに解呪するね！」

呪われた聖獣たちが助けを求め、列をなしてミナトを訪れ始めていた。

ミナトは沢山の聖獣たちに解呪とヒールを繰り返した。

「ほい！　解呪！　ほい、ヒール！　ほい、解呪！　ほい！　ヒール！」

もはや流れ作業である。

その間、タロはみんなにふるまうために沢山の川魚とルコラの実をとってくる。

「ぴぃ～」

当初、ルコラの実の採取をしていたピッピも、今では解呪に専念していた。

ミナトと契約したことで、ピッピにも解呪することが可能になったからである。

「わふ」

「ありがと！」「ぴぃ～」

少し時間が空いた時に、タロから受け取ったルコラの実を口に入れ、焼き魚をほおばる。

そうしながら、ミナトたちは日没まで聖獣たちを助け続けたのだった。


「つかれたー」「ぴぃ～」

「わふわふ！」

寝床で寝っ転がるミナトとピッピを包むようにタロが横たわる。

今日一日でおよそ百六十頭あまりの聖獣の解呪を済ませたのだ。疲れないわけがない。

「でも、ピッピが解呪してくれて助かったよー」

「ぴぃ～」

大体、ミナトが百三十頭ほど、ピッピが三十頭ほどの解呪を済ませた。

ミナト一人でやっていたら、日没後も二、三時間ぐらい作業しなければならなかっただろう。

「タロもありがとうね。おかげでご飯食べられたし」「ぴぃ～」

「わふ」

タロの活躍もすごかった。

「でも、川魚……いなくならないかな……」

「わふう」

「……そっか、……だいじょうぶかー」

そして、ミナトは寝落ちした。五歳なので眠くなるのは仕方のないことだった。


次の日、ミナトたちが朝起きて洞穴の外に出ると、沢山の聖獣たちに囲まれた。

「ぶぼ～」「ちゅっちゅ」「ぴぉ」

「みんなおはよー。げんき？」「わふ～」「ぴぃ」

「ぶぼおお、ぶぼぼぼ」

「え、朝ご飯を用意してくれたの？」

「ぴぉぴお」

どうやら聖獣たちはミナトたちにお礼をするために、食材を集めてきてくれたらしい。

「ありがとー」「わふわふ～」「ぴぃ～」

いつもの川魚と、ルコラの実だ。

それらを焼いて、聖獣を含めたみんなで楽しく食べる。

「ぶぼ～？」

「むむ？　契約したいの？」

「ぶぶぼ～」

猪は解呪能力と瘴気を払う力が欲しいのだという。

「聖獣はたしか……呪いと瘴気を抑える力があるんだよね？」

ミナトはサラキアからそう聞いていた。

「ぶぼ～」

猪が言うには、聖獣は呪いや瘴気をばらまく存在を退治することができるのだという。

それをサラキアは抑えると表現したのだろう。

呪いを抑える、つまりこれ以上広がらないようにするのが聖獣の役目。

広がった呪いを浄化するのが聖者や聖女の役目。

そのような役割分担があるようだ。

「でも、僕と契約したら、聖獣も解呪と瘴気の浄化ができるようになると……」

実際、昨日ピッピは大活躍してくれた。

「ちゅ～」

ネズミは自分たちで解呪できるようになれば、この地方を守るのが楽になるという。

「そっか、そうだよね」

呪いをばらまく存在を倒すとき、自分も呪いを受ける可能性は高い。

だからこそ、これほどまでに呪われた聖獣が沢山いるのだ。

自分たちで払えないと、数少ない聖者などに会えない限り、蝕まれて死んでしまう。

それはとても悲しいとミナトは思った。

「……契約するなら名前をかんがえないと」

「ぶぼ～」

「えー番号でいいの？」

「ぶぼぶぼ！」

これだけの聖獣にじっくり名前を付けていれば、何日もかかってしまう。

それよりも、ぱっぱと済ませ、地元に戻って仲間や家族を救いたい。

そう猪は力説した。

「そっか、地元に大切な仲間がいるんだね」

どうやら元気な聖獣が代表して救いを求めてやってきたらしかった。

「わかった！　そういうことなら、まかせてよ！　じゃあ、君はイノシシ1号」

「ぶぼ～」

「君はネズミ1号」

「ちゅ～」

その調子でミナトはどんどん名付けていく。

多い順に鼠が七十四、雀が四十二羽、鳩が二十五羽、鷹が十羽。

狐が七頭、狼が五頭、猪が三頭、山羊が二頭、熊が一頭。

合計百六十五だ。

鳥が多いのは、遠くから駆け付けやすかったからというのもあるかもしれない。

「ふ～。全員と契約終わったかな？」

「ぶぼ～」「ちゅちゅ～」「きゅうきゅう」「ほっほ～」「がおー」

聖獣たちは何度もお礼を言って、地元に帰っていった。

「また、あそぼうね！」「わふ～」「ぴぃ～」

聖獣たちの姿が見えなくなるまで、ミナトたちは見送ったのだった。


「ピッピは大丈夫？　地元で心配している人とかいない？」

「ぴぃ！」

「やることがあるの？　なに？　手伝うよ」

「……ぴっぴぃ！」

ピッピは「そのときはおねがいね？」と言う。

その表情はあまりにも真剣だった。

「わかった。まかせて。いつでも言ってね」「わふ」

「ぴぃ～」

ピッピは嬉しそうに鳴いた。

それから、ミナトたちは一緒に洞穴に戻る。

「契約もつかれるんだねー」

そういって、ミナトはモフモフなタロに抱きついた。

「わふ～？」「ぴぃ？」

「うん。すこしお昼寝する……」

言い終わるころには、ミナトはもう眠っていた。

よほど疲れていたのだろう。

そんなことを考えながら、タロはミナトの頭の匂いをくんくんと嗅いだ。

ミナトが熟睡しているのを確かめて、タロはピッピに尋ねる。

「わふ？（やりたいことってなに？）」

「ぴぃ（いまはいえない）」

「ぁぅ？（ミナトはてつだってくれるよ？）」

「ぴ（だからいえない。ミナトはまだよわいから）」

「ぁぅ～（そっか）」

タロはそれ以上聞かなかった。

ミナトが知れば、身の危険を顧みず向かってしまう。

だから、ピッピは言わないのだ。それがタロにも分かった。

「わぅ（ミナトはすぐつよくなるよ）」

そういって、タロはピッピのことを優しく舐めた。

「ふわあああああ、よく寝た！」

ミナトが目覚めたとき、洞穴の外は明るかった。

ミナトは、包み込むように寝てくれているタロのおなかに顔をうずめる。

「む～。いいにおい！」

「……がぁう？」「ぴぃ？」

「おはよ、タロ、ピッピ。なんかすごく気持ちがいいかんじなんだ！」

「わふぅ～」「ぴぃ～」

ミナトはタロたちと一緒に外に出る。

「ふわあぁぁぁぁ」「わぁぁぁぅ」「ぴぃぃぃぃ」

外に出て、赤い空を見上げながら、もう一度大きく伸びをする。

なんだか、活力に満ち溢れ、元気いっぱいな気がした。

「タロ。今って夕方？」

朝起きて、聖獣たちに名づけをして、昼過ぎに疲れて寝たのだ。

「わう～」

「え？　朝なの？　そんなに長い時間、寝てたんだね。おなかすいてない？」

「わふわふ」「ぴぃ～」

ミナトたちは昨日聖獣たちがとってきてくれた朝ご飯の残りを食べる。

「おいしいね！」

「わうわう」「ぴぃ～」

魚をむしゃむしゃしながら、タロが言う。

「わふ～～」

「え、ステータス確認した方がいいって？　あ、こまめに確認しようって書いてたもんね」

ミナト（男／5歳）
HP：308／32→308
MP：323／47→323
体力：38→314
魔力：34→310
筋力：18→294
敏捷：26→302
スキル
「使徒たる者」
・全属性魔法スキルLv0　・神聖魔法Lv12→18　・解呪、瘴気払いLv12→18
・聖獣、精霊と契約し力を借りることができる　・言語理解　・成長限界なし　・成長速度＋

New
「聖獣たちと契約せし者」
・悪しき者特効Lv26↓207　・火炎無効（不死鳥）　・火魔法（不死鳥）Lv＋56
・隠れる者（鼠）Lv70　・索敵（雀）Lv42　・帰巣本能（鳩）Lv25
・鷹の目（鷹）Lv75　・追跡者（狐）Lv49　・走り続ける者（狼）Lv50
・突進（猪）Lv30　・登攀者（山羊）Lv20　・剛力（熊）Lv35
契約者
聖獣166体

「おお！　強くなってる！」

「わふ〜」「ぴぃ〜」

どうやら鼠たちは数が多い分、レベルアップ効果が非常に高いようだ。

「ステータスもすごく伸びてるねー」

「わふわふ〜」

「でも、タロのステータスに比べたら全然だよ。早く追いつかないと！」

「わふ〜」

「タロが守ってくれるから大丈夫なの？　ありがと。えへへ」

そんなことを話している間、ピッピは真剣な表情でステータスを見つめた。

少し残念そうに、溜息を吐いた。

「ピッピ？　どしたの？」

「ぴぃ～」

ピッピは「なんでもない！　さすがミナト！」と言って肩に止まってほおずりした。

「えへへー、ピッピ、ありがとー」


ご飯を食べ終わった後、ミナトたちはいつものように修行したり遊んだりする。

「むむ～」「わふ～～」「ぴぃ～～」

河原に座って瞑想をして、

「あ、きれいな石みつけた！」「わふわふ！」「ぴっぴぃ～」

ザクロ石を探して、

「むむ～。今日のサラキア様の像はいい感じだ」「わむむ～」

洞穴の前に移動して、泥で神様の像を作るのだ。

今まで作った神像はもう百体を超えている。

毎日、神像を作っているわけではないが、ミナトとタロで一日に七体とか作る日もある。

だから、沢山たまっているのだ。

大量の神像を見て、ミナトがボソッとつぶやいた。

「サラキア様の像、お守りになるらしいから……みんなにあげられたらよかったんだけど」

だが、サラキア像も、タロが作ったうんこみたいな至高神像も泥製なのだ。

簡単に壊れるし、雨が降れば、ぼろぼろに崩れてしまうので、お土産にはできないのだ。

「わふう？」

「あ、木で作るのもありだね！　ナイフで彫ってみようかな……」

「ぴぃぃ？」

神像をしっかり観察していたピッピが「素焼きしたら？」という。

「素焼き？　素焼きって何？」

「ぴぃ～ぴぃ！」

ピッピが言うには粘土で作ったものを軽く焼いて固めることを素焼きというらしい。

ミナトたちがただの泥だと思っていたものは、ちゃんとした粘土だったようだ。

「素焼きってどうやったらいいの？」

「ぴっぴぃ！　……ぴっぴいいいいいぃ！」

ピッピは「みてて」というと、乾燥した神像を火魔法で焼き始めた。

「おお、すごい！」「わふ～」

「ぴい～」

「わかった！」「わふ！」

ミナトとタロもピッピの真似をして、火魔法を使って神像を焼いていく。

実はピッピも素焼きは初めてだった。仕組みや理論に詳しいわけでもない。

昔、ちらりと工房でお皿が焼かれているのを見ただけだ。

ちょっとどや顔で、ミナトに説明したくなっただけである。当然成功率は低かった。

五体の神像を焼いて、四体が砕けたが一体だけ、たまたまうまくいった。

「わかった！　こうやるんだ！」

一体成功したのを見て、ミナトはコツを理解した。

使徒のスキル【成長速度＋】の効果である。

ミナトはみるみるうちに素焼きの腕をあげていった。

「ピッピ、タロ、火力はこのぐらいで～」

「ぴぃ～」「わふ～」

ミナトがピッピとタロに教えたので、ピッピとタロも素焼きがうまくなった。


「ふぁいあー！」「わふわふ～」「ぴぴぃ～」

みんなで楽しく素焼き作業をしていると、

「ん？　誰か来たかも。これは人？」

【索敵】スキルを手に入れたミナトが、来訪者に真っ先に気が付いた。

「迎えに行こう！」

そういって、ミナトは走り出した。

二章

聖女一行とちっちゃい使徒《ようじ》とでっかい神獣《こいぬ》

ミナトはタロの背中に乗り、ピッピはその上を飛んで、来訪者の元へと移動する。

タロの足で五分ほど走ると、呪者に襲われている人族の集団が見えてきた。

ミナトとタロにとっては異世界で初めて見る人たちだ。

全員、鎧やローブを身に着けており、剣や杖で武装している。

その人たちと対峙する呪者は全身がヘドロでできた体長二メートルある熊のような姿だ。

全身から黒い霧のような、瘴気が吹きだしている。

いつもミナトとタロが倒しているのと同じ呪者。つまり弱い呪者である。

きっと戦う力のない旅人が迷い込んでしまったに違いない。

そうミナトもタロも考えた。

「わふ〜？」

「うん、タロお願い」

いつもなら「僕がたおす！」というところだが、守るべき人が襲われているのだ。

ミナトでも倒せるが、タロの方が速くて確実だ。

「わふう！」

タロはミナトを背に乗せたまま、呪者に突っ込み、爪で切り裂いて倒した。一瞬だ。

「わふわふ⁇」

倒した後、タロは背に乗るミナトをちらちら見て、褒められ待ちをする。

「タロ、かっこいい！」「ぴぃ！」

タロを褒めて撫でながら、ミナトは呪者に襲われていた人たちに声をかける。

「大丈夫？　怪我はない？」「わふわふ？」

「…………」

呪者に襲われていた者たちは、呆然とした様子でタロを見つめていた。

「一級呪者を……一撃で……？　まさか、そんな？」

一行の中の一人がボソッとつぶやいた。

「一級？」「ばぁう？」

級というのは数字が小さい方が上の場合と、数字が大きい方が上の場合の両方がある。

ミナトは呪者の級は数字が大きい方が強いのだと思った。

そんな中、最初に動いたのは白い服を着た少女だった。

少女はタロの前にひざまずく。他の者たちはそれをみてぎょっとして目を見開いた。

「まずはお礼を。危ないところを助けていただき、感謝いたします」

「わふ〜」「いいよー。気にしないで」

タロの言葉をミナトが通訳して伝える。

「私は至高神の聖女アニエス。神獣様とお見受けいたします」

そういって、アニエスはタロを見上げた。

聖女も、神獣や使徒と同じく神に力を与えられし者。

同じ至高神に力を与えられた者同士、伝わるものがあるのだろう。

「わふっ！」

「そうだよ、タロは至高神の神獣なんだよ」

ミナトがそういった瞬間、アニエス以外の者たちもひざまずいた。

神獣は崇拝される対象なのだ。

聖女も崇拝の対象ではあるのだが、神獣の方が聖女より格上だ。

神獣は単に神に力を与えられたというより、神の権能の具現化として考えられている。

簡単に言うと、神の一部が地上に降り立ったぐらいに思われているのだ。

「やはり！　神獣様ならば一級呪者を一撃で倒すお力も納得です！」

聖女は少し興奮気味だ。一部とはいえ神ならば呪者を倒せても当然だ。

だがミナトは聖女の言葉を全く聞いていなかった。

「あ、みんな怪我してる！　治療しないと！」

なぜなら、聖女一行が傷だらけなことに気が付いたからだ。

骨折はないが、結構大きめの切り傷、ねんざや打撲などは数えきれない。

「ありがたきお言葉。ではお言葉に甘えて、ヒールをかけさせて……」

アニエスはミナトとタロに待ってもらって、皆にヒールをかけようと考えたらしい。

「大丈夫だよ。みんなはタロとお話してて！　ヒールなら僕がやっとくから」

そういって、ミナトはタロの背中から飛び降りる。

ミナトは、至高神の聖女一行は至高神の神獣タロとお話したいはずだと思ったのだ。

「ですが……」

「アニエスさん。心配しないで！　お話は聞いてるから通訳はまかせて！」

ミナトの通訳がいないと、みんなはタロと話せない。

だが、ヒールしながら通訳することなど、ミナトにとって造作もないことだ。

「いえ、そうではなく……え？」「むむぅ！　ヒール！」

人前でかっこいいポーズをするのは初めてだったので、ミナトは張り切っていた。

大人なら恥ずかしさが勝るかもしれないが、ミナトは五歳。恥ずかしくなかった。

足を肩幅に開いて左手を腰に当て、右手をみんなに向けて、ヒールを発動させる。

「……」

ミナトはちらっとみんなを見る。先ほどのタロと同じく褒められ待ちをしていた。

「わふ～」「ぴぃ～」

タロとピッピがかっこいいと褒めてくれたが、聖女一行は目を見開いて固まっていた。

「…………かっこよくなかった？」

「わふぅわふぅ！」

タロが「かっこいいよ！」といって、ミナトの顔をベロベロ舐める。

「かっこよかったかー」

やっぱりかっこよかったのだと、ミナトが安心していると、

「そうではなく！」

「えっ、やっぱりかっこよくなかった？」「わふわふわふ〜」

泣きそうになるミナトを慰めようとタロのベロベロが加速する。

「あっ！　かっこいい！　かっこよかったです！」

慌ててアニエスがフォローする。

「そっかーえへへ」「わふわふ〜」

ミナトは照れて、タロはよかったねと言いながらやっぱり舐めた。

もうミナトの顔面は神獣の唾液でべとべとだった。

「あの？　いまヒールをされましたよね？　私の怪我も消えているし……みんなの怪我も……」

「したよ？」

「…………無詠唱かつ五人に同時に？」

「うん」

「……一瞬で？」

治癒魔法というのは、神に奇跡を願い、地上に奇跡を顕現させる神聖魔法の一種である。

昨日、百六十五の聖獣の解呪をした際、ミナトの神聖魔法のレベルは18に上がった。

10で一人前の治癒術師で、20あれば司教クラスである。

つまり、18というレベルは非常に高いのだ。

それに加えてミナトは使徒なので、レベル以上の力を発揮していた。

普通の治癒術師は、ＭＰを代償に、神にお伺いを立てて奇跡を希い顕現させる。

だが、使徒であるミナトは、地上における神の代行者なのだ。

自身のＭＰを消費して、そのまま奇跡を起こすことができる。

「重傷者もいたのに……」

聖女アニエスでも、全員治療するのに数分かかる。

熟練の治癒術師でも一時間かかる。いや、全員治療する前にＭＰが尽きるかもしれない。

「あなたはいったい……」

「僕はタロの家族で親友のミナトだよ。こっちはピッピ」

「ぴ～」

「ピッピさん、よろしくお願いします、え、フェニックス？」

「ぴぃ？」

聖女一行の全員がピッピを見つめる。

王室の象徴たる聖獣フェニックスが、どうしてここにいるのだ？

聖女の頭の中は理解できないことでいっぱいになり混乱していた。

「タロとお話しなくていいの？」

「あ、はい、あのミナト様、あなたはいったい何者ですか？　どうして神獣様がここにいらっしゃるのですか？　神のご意思なのでしょうか？　一級呪者が集まるこの場はいったいなんなのですか？　湖の汚染と何か関係があるのですか？　ピッピ様は王室の守護獣たるフェニックス様なのですか？　ミナト様のヒールは――」

「落ち着け！」

ものすごい早口でまくし立てる聖女を、剣を装備した若いかっこいい男の人が止める。

「申し訳ない。聖女様は好奇心が強くて、たまにこうなる」

「そうなんだ。すごい」

「俺はジルベルト。聖女様の筆頭従者をしている。そしてこっちは」

興奮気味のアニエスの代わりにジルベルトがみんなを紹介してくれた。

聖女一行は、聖女アニエス、剣士ジルベルトの他に、神殿騎士と弓使いと魔導師という構成だ。

騎士は神殿騎士と呼ばれる治癒魔法も使える神官でもあるらしい。

「そっか、みんなよろしくね。そうだ！　みんな僕たちの家においでよ――」

「よ、よろしいのですか？」

ミナトの言葉に食い気味に反応したのはアニエスだった。

「わふ！」

「もちろん！　みんなで休んでいって。沢山聞きたいことがあるみたいだし」

「ありがとうございます！　助かります！」

「じゃあ、ついてきてー」「わふ～」

ミナトたちがゆっくり移動を始める。

「みんな、疲れてるでしょ？　二人ぐらいならタロの背中に乗れるよ？」

「と、とんでもない。そんな恐れ多い」

「きにしなくていいのにー」

そんなことを言いながら、ミナトたちはゆっくりと歩いて行った。


アニエスたちに畏敬の念をもって見られていることに、ミナトもタロも気づいていなかった。

「おなかすいてない？　ご飯用意するよー」「わふわふ～」

「もったいなきお言葉！　大丈夫です！　恐れ多い！」

そう叫ぶように言ったのは年配の男性の神殿騎士である人族のヘクトルだ。

年のころは六十代。熟練の戦士でありながら治癒魔法も使える敬虔なる神官でもあった。

「そっかー遠慮しないでね」「わふわふ！」

そんな話をしながら少し歩くと、ミナトたちが作った神像が大量に並んでいる場所に出る。

ジルベルトたちがぎょっとする中、アニエスと神殿騎士ヘクトルは目を見開いた。

「せ、聖女様。わしは自分の目を信じられませぬ」

敬虔な神官でもある聖女と神殿騎士は、神像の放つ神聖力におののいたのだ。

だが、神官ではない者たちは、神官ほど神聖力に敏感ではない。

二十代後半ぐらいの人族の魔導師、男性のマルセルが怪訝な顔でミナトとタロに尋ねる。

「これは……女神像なのでしょうか？」

「そだよー。僕が作ったんだ」

「……これはなんなのでしょう？」

声には出さなかったがマルセルは「まるで犬の糞みたいだな」と思っていた。

魔導師マルセルだけでなく、ジルベルトと弓使いもそう思っていた。

「わふわふ～」

「タロが作った至高神様の像だよ」

「……これが至高神様のお姿？」

アニエスと同年齢に見える弓使いのエルフの女性サーニャが、アニエスをじっと見る。

弓使いサーニャは至高神様は「犬の糞みたいな姿なのか？」と聖女に尋ねたかったが我慢した。

「タロは至高神様にあったことがあるんだよ。ねー」

「わふ～！」

それを聞いていた聖女一行は「至高神様は犬の糞みたいな姿なのかもしれない」と考えた。

そんなことには気づかずに、ミナトとタロ、ピッピは自分たちの住処に一行を招き入れる。

「ここが僕たちの家だよ！　遠慮しないではいってね」「わふ～」「ぴぴ～」

聖女一行は、ミナトたちの住処である洞穴の中に入り、

「…………っ」

絶句した。どうみても人の住む環境ではなかったからだ。

洞穴は大きなタロがくつろげるほど、充分に広い。

だが、壁や床には呪者のヘドロがこびりついて、ひどい悪臭が漂っている。

風雨は入らないだろうが、壁からじわじわと水が染み出ており、全体的に湿っていた。

「……ミナト様とタロ様とピッピ様は、ここで暮らしておられるのですか？」

「そだよー。あ、様はつけなくていいよ？」「わふわふぅ」

ミナトとタロはそういったのだが、どうしてもタロには様をつけたいらしい。

至高神の聖職者としてのこだわりなのだろう。

だが、ミナトのことは様なしで呼んでくれることになった。

「よかったー。ミナト様って呼ばれたら、なんか変な気分になるからね！」

「わふぅ～」

もっと気軽にかわいがってほしいタロは、タロ様と呼ばれるのが不満そうだった。

「あ、床は固いからこれつかってね！」「わふわふ～」

ミナトとタロは、洞穴の端っこに積んである雑草の塊をみんなに配る。

「タロと集めたんだ！　岩は固いけど、これを敷くと寝心地がすごくよくなるんだよ」

「わふわふ！」

ミナトの大発見である。

この方法をミナトが見つけた時、タロは「ミナトはなんて賢いんだろう」と尊敬したものだ。

「ありがとうございます」

聖女たちはお礼をいって、その雑草の塊をお尻の下に敷いた。

それはただの草。こんなものを敷いたぐらいでは座り心地はほとんど変わらない。

最も貧しい神殿でも、こんなものは使わないだろう。

思わずジルベルトは尋ねる。

「……ミナトは、いつも、この上で寝ているのか？」

「寝てるよ！　すごくいいんだー」「わふー」

「そうなんだね」

ミナトとタロのあまりの不憫さにジルベルトは泣きそうになった。

聖女たちも、ミナトたちの日々の暮らしを想像しかわいそうに思った。

ミナトが床に座ると、その横にタロが寄り添った。

ミナトは、タロの毛をいつものように手櫛で梳きながら、アニエスに言う。

「えっと、アニエスさんはタロに聞きたいことがあるんだよね」

「タロ様だけにではありませんが……」

「なんでもどうぞ！」「わふ〜」

聖女に尋ねられたことに、ミナトとタロは基本的に素直に答えていく。

ミナトもタロも隠す必要があるとは思わなかったからだ。

「ミナトさんのご両親や一族の方、集落の方などはいらっしゃらないのですか？」

「いないよー。僕とタロは神様にここに送り込まれたんだよ」

「ここにいらっしゃる前はどちらに？」

「それは言えないんだ」「わふ〜」

答えなかったのは転生者であることだけだ。

異世界からの転生者であることはサラキアに口止めされていたので、教えなかった。

それは言葉ではなく、頭の中に非言語的に流れ込んできた情報である。

なにやら、異世界の存在が普通の人々に知られることは、あまり良くないらしい。

「どうして言えないのでしょうか？」

「それがサラキア様のご意思だからね」「わふ〜」

そういうと、もうそれ以上聞かれることはなかった。

生命と月の女神であるサラキアは至高神の愛娘。

至高神の信徒にとって、サラキアも大切な信仰の対象なのだ。

「タロ様は神獣様ということですが、ミナトさんはいったいどのような存在なのですか？」

「僕はサラキア様の使徒だよ！」

「なんと……いえ、道理で……」

使徒は神の地上での代理人にして代行者でもある。

聖女を超える圧倒的なヒールの効果も、使徒ならば納得だ。

ミナトがサラキアの使徒だと知った聖女一行が跪《ひざまず》こうとしたが、それはミナトが制止した。

「そういうのやめてね！」「わふわふ！」

タロもそうだそうだと言っていた。

「目立ってもいいことないし？」「ばうばう！」

タロは、みんなは僕をもっと撫でたほうがいいと主張した。

「タロが、もっと撫でて欲しいって」

「よ、よろしいのですか？」

「わふ～」

「もちろん、だって。タロのお願いだよ」

そういわれてアニエスは「では、お言葉に甘えて」とタロの横に来る。

そして優しくタロを撫でる。

「わふ」

「気持ちがいいって」

「ありがとうございます」

その様子を見て、ジルベルトたちが、うらやましそうにしていた。

それからはアニエスとミナトでタロを撫でながら、会話をする。

「至高神様とサラキア様は、タロ様とミナトさんにどのような使命を？」

「えっとね、聖獣とか精霊の呪いを解いて瘴気を払うことだよ」

「そうだったのですね。この辺りに呪者が沢山いる理由はご存じですか？」

「それは知らないけど、このあたりには呪者が多いから、サラキア様が払えって言ってるんだと思う」

「わふわう」

一通りミナトとタロのことを話したら、ピッピの話題になった。

「タロが川で死にそうなピッピを見つけてきたんだよね！」

「わふ！」

「ピッピは呪われてたから、解呪して元気になったんだ～」

「ぴ～」

ピッピは「あのときはありがと」と言って、ミナトとタロの周囲を飛び回る。

「フェニックスを呪うほどの呪者ですか……」

聖女は深刻な表情でつぶやき、ジルベルトたちは緊張の面持ちで顔を見合わせる。

だが、ミナトとタロは聖女一行の表情の変化には気づかない。

「あ、ピッピはフェニックスだけど……。王室の守護獣なの？」

「ぴぃ～」

「よくわかんないって！」

すると、ピッピがミナトの頭の上に止まって尋ねた。

「ぴぴ～？」

「ピッピが、どうして、みんなはここに来たの？　だって」

「あっはい、私たちは至高神様の神託に従い、近くにある汚染された湖を浄化しに来たのです」

「汚染された湖？」「わふ～？」

「はい。実は……」

なにやら、いつもミナトたちが魚を捕まえている川とは別の川が近くにあるらしい。

その川の上流にある湖の精霊が呪われてしまったらしく、湖が汚染されたようだ。

「そして、その川の下流には王都があります」

川の水を飲料水や生活用水として使っている民の間に病気が蔓延し始めた。

それを解消するようにと至高神の神託が下り、王都一の精鋭である聖女たちがやってきたのだ。

「この森には凶悪な呪者がいるため、大人数で行動するわけにはいかないのです」

「どうして？」

「呪われるからです」

力のない者が呪者と戦っても、呪われてしまい行動不能になるのだという。

当然、そうなれば呪われた者を放置するわけにはいかない。

貴重な回復リソースを割いて解呪したあと、健康な人員が街に連れ帰る必要がある。

ありていに言えば、力のない者を連れてきても足手まといにしかならないのだ。

「そうなんだ。どんな感じで呪われるの？」

「呪者によっても違うのですが、口などから黒い霧のような瘴気を出すのです」

その瘴気を吸い込んだ時、抵抗力のない者は呪われてしまうのだという。

「こわい」「わぅ〜」

「はい。人は息を止めて数分以上生きられませんし。肌からも少しずつしみこみますから」

多勢で囲んだところで、霧をまかれればそれでおしまい。

「呪者と戦うには精神抵抗の高さ、つまり魔力の高さが必須になります」

「なるほどー」「わふ〜」

ミナトとタロはふんふんとうなずいた。

瘴気なら僕でも払える気がする。そうミナトが伝えようとした時、

「ぐぅぅぅぅううう」

と聖女のおなかが盛大に鳴った。

聖女のおなかの音を聞いたミナトがすぐに言う。

「あ、ご飯食べよう！　おいしい魚を焼くから、みんなも来て！」

「わふわふ〜」「ぴ〜」

ミナトとタロ、ピッピは洞穴の外へと走っていく。

「いえ、どうかお構いなく」

と言いつつも、聖女たちはミナトたちを追って洞穴から出た。

「気にしないで！　お腹減ったら悲しいもんね」

「わふわふ〜」

「タロも食べてって言ってるよ！」

前世のミナトの母親はたまにしか帰ってこなかった。

そのせいで、ミナトとタロは、いつもお腹が空いていた。

だから、お腹を空かせている人を見ると、ほっとけないのだ。

「すぐ焼けるからねー」

ミナトはそう言いながら、サラキアの鞄から川魚をとりだして枝に刺していく。

特殊な魔法の鞄自体は、貴重だが普通に存在するものだ。

サラキアの鞄は、普通の魔法の鞄より容量が圧倒的に大きいのだが、聖女たちは気づかなかった。

「ばむばう」

タロは口で器用に焚き木をくわえて、焚火をおこせるように集めていく。

「ぴぃ〜」

そして、ピッピはその焚き木に巧みに火をつける。

「ミナトさん、その……魚は？」

「近くの川でとれるおいしい魚だよ！　タロは魚をとるのがうまいんだ！」

「わぁぅ〜」

誇らしげにタロは尻尾を振る。

そして、撫でて褒めてくれていいよと言わんばかりに、ジルベルトたちに体を押し付けにいく。

「タ、タロ様、魚を獲ってくれてありがとうございます」

お礼を言いながら、ジルベルトはタロを撫でる。

「わふ〜〜」

タロは撫でてもらえてご満悦だ。

「タロ様、私も……」「あ、ずるい」

魔導師マルセルと、弓使いサーニャもタロを撫で始めた。

みんなモフモフなタロを撫でまわしたかったのだ。

「みな、自重しなさい。タロ様は恐れ多くも至高神様の神獣様なのですから」

神殿騎士、つまり神官でもあるヘクトルが皆をたしなめる。

だが、ヘクトル自身、明らかにタロをもふりたそうにしている。

「タロが撫でて欲しいって、ヘクトルさんも撫でてあげて」「わふわふ〜」

「いえ、そんな恐れ多い」

「タロがお願い、だって」

「そ、そうですか？　タロ様がそうおっしゃるなら……お言葉に甘えて……」

ヘクトルはタロの背中を撫でる。すぐにヘクトルは笑顔になっていく。

「わふ」

タロはお礼にヘクトルの顔を舐めた。


聖女一行がタロを撫でている間に、ミナトは魚を焼きあげる。

「はい！　焼けたよ！　どうぞ！　あったかいうちに食べて！」

「わふわふ！」

「タロがおいしいから食べてって！　いつもより脂がのったいいやつがとれたんだって」

「いただきます……うっ」

聖女アニエスは、魚を口に入れた瞬間、吐き出しそうになった。

生臭くてとても食べられたものじゃなかったからだ。

ミナトとタロがおいしく食べていたその魚の名前はメルラオオナマズ。

非常に臭くて食べられたものではないと評判の魚だった。

犬すら食べないと言われ、客に出せば「お前は犬以下だ」という侮辱になりかねないほど。

実際に刃傷沙汰になった事件もあるほどだ。

「……この魚を毎日お召し上がりになっていたのですか？」

「わふわふ！」

「そだよー。とってもおいしいんだ！」

「うっ」

それを聞いて、聖女アニエスは涙をこらえきれなくなった。

弓使いサーニャは嗚咽を漏らしているし、老神殿騎士ヘクトルも涙をぬぐった。

剣士ジルベルトと魔導師マルセルは真剣な顔で考え込んでいる。

神獣様と使徒様がこれほどの劣悪な環境で、これほどまずいものを食べているのだ。

あまりにも哀れではないか。

涙を浮かべながら、改めてミナトを見ると、髪も服も靴も、全身が汚すぎた。

泥遊びをし、汚い呪者を退治しているのに、洗濯せず、風呂にも入っていないからだ。

「……ご苦労されているのですね」

「僕は苦労してないよ？　タロは大変かもしれないけど……」

「わふ！」

「ありがと！　タロも大変じゃないって！」

話しながら、ミナトは器用に川魚を枝に刺していく。

「僕はタロがいるから、幸せだよ。おいしいご飯も食べられるし。楽しいし。ピッピもいるし」

「わふわふぅ！」「ぴぃぴぃ！」

「タロもピッピも楽しいの？　ありがと」

そういって、ミナトはタロをぎゅっと抱きしめて、ピッピを優しく撫でた。

出会った当初、聖女たちはタロとミナトを崇拝すべき神聖な存在だと思った。

さらに目の前で規格外のヒールを見せられ、ますます崇敬の念を強くした。

ミナトとタロは使徒と神獣なので、神聖で崇敬すべき存在なのは間違いない。

だが、あまりにもかわいそうな環境だった。

家というのは呪者の痕跡の残る劣悪な環境の洞穴だ。

囚人が入れられる地下牢の方がまだましだ。

保護者もおらず、幼児と犬と鳥が身を寄せ合って生きているのだ。

そんな劣悪な状況にもかかわらず、ミナトたちは一生懸命もてなそうとしてくれる。

自分たちがこの子たちを守ってやらなければ。そう強く思い始めていた。

出会った当初に覚えた規格外の存在への畏敬よりも、庇護欲が強くなったのだ。


聖女一行は泣きながら、もしくは涙をこらえながら、川魚を食べる。

やはりとてもまずい。だがこれを毎日ミナトとタロが食べているのだ。

ならば、大人である自分たちが、まずいなどと言えるわけがない。

なによりミナトとタロが「喜んでくれるかな？」とキラキラした目で見つめてくるのだ。

「今日の魚はいつもよりおいしいね」

「わふ～わふ～」

本当においしそうにミナトとタロはまずい魚を食べている。

この劣悪な環境では、これが最もまともな食べ物なのだろう。

前世でミナトとタロは雑草や、どぶ川で捕まえたザリガニを食べたりしていた。

だから、メルラオオナマズも本当においしく感じていたのだ。

「おいじいでず」と引きつった声でアニエスはこたえた。

「よかったー」「わぅわぅ〜」

喜んでもらえたと、ミナトとタロは喜んだ。

その様子を、あまりメルラオオナマズが好きじゃないピッピは、静かに見つめていた。

タロは川魚をあっという間に食べ終わり、

「わふ〜？」

「あ、そうだね！　そうしよう！」

そういうと、タロが洞穴に走って行って、ザクロ石を咥えて持ってきた。

ほとんどのザクロ石はサラキアの鞄に入っている。

だが、寝る前にミナトとタロが磨いていた綺麗なザクロ石は洞穴の中においてあったのだ。

「わふ」

それをタロはアニエスの前にぽとっと落とした。

「これは？」

そう尋ねたアニエスも、この石がほとんど価値のないザクロ石だと気づいている。

「わふわふ～」「川で拾ったんだよ。綺麗でしょ！」

「はい、とても綺麗です」

「わふ！」「いっぱいあるから、あげる！」

ミナトとタロは、宝物のザクロ石を一つずつみんなに配っていく。

それは拾ったそのままの石ではなく、一生懸命磨いた特に綺麗なザクロ石だ。

「わふ～？」

ミナトとタロは喜んでもらえるかなと、キラキラした目でみんなを見つめる。

「……こんなに綺麗なものをいただいてしまって……よろしいのですか？」

アニエスは価値のないキラキラした石を、貴重なもののように胸のまえでぎゅっと握る。

「もちろん！」「わふわふ！」

「ありがとうございます。家宝といたします」

老神殿騎士ヘクトルはその石を大切そうに懐にしまい込んだ。

それをみていた他の者も、お礼を言って大切にしまい込んだ。

「いつか街に行った時に、売って甘いパンを買うために、タロと一緒に集めてたんだー」

「わふわふ～」

なんていい子なのだろう。

そう聖女たちは思って、ますます庇護欲を刺激されたのだった。

焼き魚を食べた後、皆の疲労を癒すため、聖女一行は一泊していくことになった。

夕方から眠り、日の出とともに起きて湖に向かうのだ。

ミナト、タロ、ピッピは洞穴の中で眠り、聖女一行は洞穴の外に張ったテントで眠る。

「遠慮しなくていいのに～」「わふわふ～」

「いえいえ、私たちにも野営の準備は充分ありますから」

断られて、女性だから着替える都合とかいろいろあるのだろうなぁとミナトは考えた。

「そっかー、寒かったら、いつでも来てね！」「わふ～」

そういって、ミナトたちは洞穴の中で眠る。

ミナトはタロのお腹に抱き着いて、ピッピもタロの毛に埋もれて眠りにつく。

タロの毛のおかげで、布団がなくても暖かいのだ。


ミナトたちが眠りについた後、弓使いサーニャが言う。

「アニエス。私……故郷の弟を思い出しちゃって」

弓使いサーニャは目に涙を浮かべている。

「わかるわ。……きっと至高神様の神託は、ミナトさんを保護しろという意味よ」

神託自体は精霊を解呪しろというものだ。

だが、この辺りの瘴気の濃さや呪者の強さから推測すると、聖女の力では解呪は難しい。

つまり、至高神の神託をかなえるためには、ミナトたちを一行に加えることが必須となる。

「そうだな。俺たちだけだと、湖にたどり着けるかもあやしいもんだ」

ジルベルトがそうつぶやくと、重い空気が漂った。

それほど、タロが一撃で倒した一級呪者というのは恐ろしい相手だ。

聖女パーティでも、やっと倒せる相手だというのに、この辺りには何体もいる。

タロが倒した個体で、聖女パーティが遭遇した一級呪者は三体目だったのだ。

ミナトたちが助けに来てくれなければ、聖女パーティは全滅していたかもしれない。


聖女パーティが弱いわけではない。

弱いどころか、最高のS級に、最も近いとされるA級パーティなのだ。

その級は、神殿や冒険者ギルドによるパーティや戦闘員の統一の格付けである。

最高のSは国を救ったり、災害級の魔物を倒した歴史に名を残すパーティや戦士の格である。

Sは死後追贈も多く、Sが存在しない時期の方が多いぐらいだ。

聖女パーティが格付けされるAは、事実上の到達点。実質的な最高位パーティと言っていい。

Bは、ベテランの中でも精鋭で、大きな街でトップクラスであるパーティの格だ。

Cは皆に頼りにされるベテランの格で、Dは一人前とみなされる格。

Eは二年目から五年目の比較的経歴が浅い者たちで、Fは一年目のルーキーの格である。


そして、呪者の格は四つある。

最も強い特級呪者は一体で国が滅びるレベルだ。災害よりも恐ろしい存在である。

次に強いのが一級呪者。国一番の精鋭S級パーティやA級が複数でなければ対処不能だ。

二級呪者であっても、A級パーティか、B級C級パーティが複数必要となる。

最も弱い三級呪者でもC級パーティが必要だ。

つまり、一級呪者に単独パーティで対処できる聖女パーティは、ものすごく強いのだ。


重い空気を変えようとしたのか、老神殿騎士ヘクトルが明るい声で言う。

「聖女、お気づきになられましたか？　この神像、周囲の瘴気を払っていますね」

「はい。それだけでなく、このザクロ石も……」

聖女アニエスは先ほどタロとミナトにもらったザクロ石を掲げる。

「これは強力な護符のようなもの。身につけておけば、大概の瘴気や呪いを防げます」

「どうりで……体が楽だと思った」

弓使いサーニャが大事そうに両手でザクロ石を握りしめる。

魔導師マルセルは洞穴の入り口を見ながらつぶやいた。

「……神はなぜミナトさんにこんな試練を」

それは聖女や神殿騎士は口にできない神への疑問。

聖女と神殿騎士たちが沈黙する中、剣士ジルベルトと弓使いサーニャが口を開く。

「さあなぁ。意外となんも考えてないのかもしれんが」

「きっと、この辺りの呪者を討伐させるためじゃないかな？」

「あのような幼子に？　そんな無体な」

不遜な話になりそうだと考えた聖女が笑顔で言う。

「ともかく、ミナトさんとタロ様を保護するのが神のご意思ですから」

「そう。神には我々には思いつかぬほど、深いお考えがあるのだ」

老神殿騎士ヘクトルがそう言って話をしめた。

聖女一行の全員が、ミナトとタロに優しくしよう。

そう心に決めた。


次の日の夜明け前。ジルベルトは誰よりも早く起きて朝食の準備を始める。

「ミナトに……うまいもん食わせてやりたいからな」

当然、聖女一行は自前の食料をもってきている。

昨日はミナトたちのもてなしを受けたので、今日はそのお返しをしようと思ったのだ。

「甘いパンって言ってたな……」

ミナトはザクロ石を売って、甘いパンを買うつもりだと言っていた。

きっと甘いパンが好きなのだ。

魚ばかり食べているようなので、肉料理も食べさせてあげたい。

卵料理も食べさせてあげたい。だが野営中なので、調理器具も食材も限られている。

「卵はまた今度だな。……肉を沢山入れたシチューにしよう」

ジルベルトは献立を考えながら、火をおこす。

石でかまどを二つ作り、その中に乾燥した木を積んで、火魔法で着火する。

魔法の鞄から鍋を取り出して、水を沸騰させながら、野菜を切っていく。

「子供だから人参は嫌いかな……、まあ、ミナトなら大丈夫か」

聖女一行も、魔法の鞄を持っているのだ。

当然ながら、神器であるサラキアの鞄に比べたら機能はしょぼい。

容量は二立方メートルぐらいしかないし、重さも五百キログラムぐらいしか入れられない。

だが、とても貴重で高価で、非常に便利なアイテムだ。

ジルベルトは野菜と鶏肉を鍋で炒めて軽く焼き色を付けたあと、水を入れて蒸し焼きにする。

水気が少なくなったところで、火からおろし、小麦粉とバターを入れた。

火のついた焚き木を減らして火を弱くしてから鍋をかける。

混ぜて粉っぽさがなくなったところで、牛乳を投入。

焦げないように気を付けながら混ぜて、チーズを投入すれば、クリームシチューが完成だ。

「これで良しと」

ジルベルトは子供のころ、特にクリームシチューが好きだった。

だから、きっとミナトも好きだと思ったのだ。

あとは甘いパンを作りたい。

ジルベルトは魔法の鞄からパンを取り出す。

それは現代日本で言うと、フランスパンと呼ばれるものに似ていた。

そのパンを二センチぐらいの厚さで輪切りにしていく。

「いいにおいがする！」「わふ！」「ぴいぃ～」

洞穴からミナトたちが起きてくる。髪の毛や服、毛や羽根に雑草がくっついていた。

「いま朝ご飯を作ってるんだ。もうすぐだから待っていてくれ」

「ほえええ」「わふぃ～」「ぴぃ」

いい匂いにつられて、聖女たちも起きてくる。

「ジルベルト、今日は張り切りましたね」

「ああ、今日湖に到達する予定だろう？　なら英気を養わないとな」

起きてきた聖女アニエスがシチューをゆっくりかき混ぜる。

その横でジルベルトはパンを火であぶってこんがり焼き色をつけていく。

そのパンにバターを塗って、はちみつをかける。

それを見ながら、アニエスがシチューを皿によそう。

「ミナトできたぞ！」

「ミナトさん、タロ様、ピッピさん。シチューもどうぞ」

「え？　いいの？」「わふ？」「ぴぃ！」

「もちろんだ。湖の浄化を手伝ってくれるんだろう？」

「うん」「わふぅ」「ぴぴ」

「なら、俺たちは仲間だ。仲間ならご飯も一緒に食べないとな！」

「えへへ。ありがと」「わふわふ」「ぴぃ〜」

すぐにみんなの分も配られる。もちろんタロやピッピの分もだ。

「タロには少ないかもしれんが……」

「わふ！」

「タロが、充分だよ、ありがとう！　だって」

「そうか、すまんな。街に帰ったらタロにもお腹いっぱいごちそうできるんだが」

そう言った後、ジルベルトは、無言でミナトをじっと見る。

「ミナトさん、どうぞ。口に合えばいいのですけど」

無言のジルベルトの代わりにアニエスがそういって促した。

「ありがとう、いただきます！」「わふわふ！」「ぴぃ〜」

ミナトとタロはフランスパンのハニートーストにパクリとかぶりつく。

「おいしい！」「わふ！」

トーストされたパンは外側はカリッと香ばしく、中はしっとりしてもちもちだ。

その上に塗られた濃厚なバターとはちみつの優しい甘さ。

「ふわぁぁぁ。すごくおいしい！」「わふわふぅ」

少しの間、ミナトとタロは固まった。

「一気に食べたらもったいないかも」「わふ〜」

ミナトとタロはゆっくりとちびちび食べていく。

「シチューも食べてくれ」

「うん！」「わふ」

ミナトはスプーンですくってシチューを口に入れる。

「お、おいしい！」「わふわふ〜」

ミナトもタロもおいしいものを食べた経験が少ない。

そのせいか、おいしい以外の形容詞の持ち合わせがないのだ。

チーズと牛乳の濃厚な味わい。

鶏肉は柔らかくて、噛むと肉汁とうまみが口の中に広がる。

人参やイモは柔らかくて、シチューと溶け合っていた。

「おいしいおいしい！」「わふわふわふ」

「おかわりもあるぞ」

「いいの？」「わふ？」

「ああ、いいぞ」

「おいしいね、タロ」「わふ〜〜」

嬉しそうにパクパク食べるミナトとタロを見て、聖女たちは目を細めた。

一方、ピッピは上品にゆっくりとハニートーストとシチューを堪能していた。

そんなピッピをみて、ジルベルトは「ほんとに王室の守護獣かもしれないな」と思った。

「ふは～おいしかったー」「わふ～」

「お粗末様でした」

「ジルベルトさんは、コックさんなの？」「うわふ？」

「違うぞ、俺は剣士だ」

「剣士なのに、料理ができてすごい」「わふわふ～」

ミナトとタロに尊敬の目でみつめられて、ジルベルトは少し照れた。


おいしい朝ご飯を食べた後、準備をして湖に向かって出発だ。

準備といってもミナトたちは神像をサラキアの鞄に詰め込むだけである。

聖女たちがテントをしまい込み、装備の点検をするのを、ミナトたちは遊びながら待った。

「いくよー！　てぃ！」

ミナトが木の棒を投げると、タロとピッピが追いかける。

「わふわふわふ～」「ぴぃ～～」

前世でミナトはおもちゃを持っていなかった。

公園で拾った木の棒などで似たようなことをしてよく遊んでいたのだ。

聖女たちの準備が終わると、ジルベルトを先頭にして、湖に向かって歩き出す。

剣士ジルベルトが先頭で、次に弓使い、聖女、魔導師、老神殿騎士の隊列だ。

ミナトとタロはジルベルトの近くを一緒に歩き、ピッピは上空を旋回しながらついてくる。

「ジルベルトさんはなんで料理がうまいの？」「わふわ〜ふ」

「ん？　旅暮らしが長いからな。旅では自分で作るしかないだろう？」

「そっかー」「わふわふ〜」

ミナトとタロはジルベルトに懐いていた。朝ご飯がおいしかったからだ。

その様子を列の最後尾から老神殿騎士ヘクトルがうらやましそうに見つめていた。

「今朝の料理当番がわしだったら……」

ミナトがもっと懐いてくれていたかもしれないのに……。

そう考えながら、老神殿騎士はミナトを喜ばせる方法を考え始めた。

一方、タロは皆でする散歩が楽しくて仕方がなかった。

「わぁぅうう〜わぁぅ」

楽しそうに吠えながら全力で走り、そして、全力で戻ってくる。

子犬らしく興奮してしまっていたのだ。

「タロ！　お座り！」

ミナトがそう言うと、タロは行儀よくお座りした。

「わふっ！」

そして、お座りしたから褒めてと、誇らしげにミナトを見つめる。

「もう、タロは興奮しすぎだよ」

「わぁぅ～」

タロはミナトに撫でられて、嬉しそうに尻尾を振った。

落ち着いたタロと、ミナトたちが楽し気に話しながら歩いていると、

「あ、呪者だ」「ぴぃ～～」

【索敵】スキルもちのミナトと、上空で偵察しているピッピが同時に気づいた。

その言葉を聞いて、聖女一行は一斉に身構える。

そして五秒後、一行に向かって突進してくる猪型の巨大な呪者が目に入る。

呪われた聖獣ではなく呪者である。倒すしかない相手だ。

「サーニャ！」

ジルベルトが叫ぶと、

「了解！」

サーニャが立て続けに矢を放つ。その矢で目を射抜かれた呪者が悲鳴をあげる。

文字通り生き馬の目を抜くような動きに、ミナトとタロは驚いた。

サーニャは弓が得意なエルフの中でも、抜きんでた腕前の持ち主なのだ。

矢で目を貫かれても、呪者の突進速度は緩まない。

サーニャが弓を放つ前から、魔導師マルセルが呪文詠唱を開始し、

「土の精霊よ、マルセル・ブジーが助力を願う、土壁《アース・ウオール》！」

ものすごい早口で、三秒で詠唱を終える。

すると、呪者の眼前に高さと幅がそれぞれ二メートル、厚さ五十センチの土の壁が出現。

土壁に阻まれて、呪者の突進は止まった。

この光景を見た魔導師がいれば、驚愕に目を見開いただろう。

マルセルは灰色の賢者と呼ばれる若手最強の魔導師なのだ。

詠唱速度と具現化した魔術の結果、その双方のレベルが尋常ではなく高かった。

「マルセル、よくやった！」

呪者が止まった時には既にジルベルトは呪者の真横に移動しており、一撃で呪者の首をはねる。

その動きはよどみなく、呪者は死んだことにも気づかなかっただろう。

ジルベルトもまた、若手最強と目される剣士なのだ。

「わぁ」「わふわふ〜」

ミナトとタロは聖女一行の連携の見事さに驚いた。

「みんなすごいねぇ！」「わぁぅ」

「この程度の呪者なら、タロ様の手を煩わせるまでもないさ」

「わふわふ〜」

けして弱い呪者ではなかった。格で言えば二級。

ベテラン精鋭であるB級パーティであれば複数で当たるべき相手だ。

聖女パーティと同じA級パーティであっても総力で対処しなければいけない相手。

不覚をとれば、A級だろうと全滅しかねない。それほどの相手だ。

「私は何もしてませんけどね」

「わしと聖女様は予備戦力ゆえ、仕方ありませんな」

聖女アニエスと神殿騎士ヘクトルは何もする必要がなかった。

戦闘中に後方から奇襲されたとき、その余力が生存率を上げるのだ。

それは全員がわかっている。

「……私も……ミナトにすごいって言われたい」

「……わしも同じ気持ちです」

後ろの方で、アニエスとヘクトルは悔しい思いをしていた。

「ジルベルト！　先頭を交代しようぞ」

「え？　まだ余裕だが……」

「油断するでない。万一ということもある」

「そうか。そうかもな。爺さんのいうとおりだな」

最後尾へ移動するジルベルトに、ミナトとタロもついていこうとする。

「ミナトさん、タロ様。この爺にサラキア様と至高神様のことを教えてくれませんかな？」

「むむ？　いいよ！」「わふ～」

ミナトもタロも子供なので、大人に教えるのは大好きなのだ。

孫がいるヘクトルはそれを熟知していた。

「サラキア様はねー」

「ほほう！　なんと！」

「わふわふ！」

「タロがいうには――」

ミナトとタロは、ヘクトルと楽しく話しながら歩いて行った。

途中、呪者が三体現れたが、あっさりとタロが倒した。

ヘクトルとミナトたちが仲良くなったころ、アニエスが言う。

アニエスはいつのまにか、前列の方に移動してきていたのだ。

「湖を浄化した後、ミナトさんたちはどうなさるのですか？」

「むむ？　うーん。タロ、ピッピどうしよっか？」

「ぴぴぃ～」

上空を旋回しながら索敵しているピッピは「ミナトにまかせる」とだけ言った。

「そっか。うーん」「わふ～」

ミナトとタロは考えた。

聖獣と精霊の解呪と瘴気を払うことが、サラキアから与えられた使命だ。

それを考えれば、各地を回るべきなのかもしれない。

だが、どうやら住処の周りには呪者が多いらしい。

呪者を倒すのも使命につながる。

「わふ～？」

「そだよね。住処も快適になってきたし……住処で訓練するのもいいかもしれないし……」

ミナトとタロの会話を聞いて、聖女一行は絶句した。

どうやらあの劣悪な環境を快適になってきたと考えているらしい。

アニエスはそんなミナトとタロを放っておけないと思った。

アニエス以外の者たちも、みなミナトたちを幸せにしてやらねばという思いを強くした。

「ミナトさん！　タロ様！」

「ど、どしたの？」「わわふ？」

「ぜひ！　私たちと一緒に来てください！」

悩むミナトとタロに聖女は力説する。

呪われし聖獣や精霊の情報や呪者の情報は神殿に集まるのだと。

だから、使命を果たすためにも聖女と一緒に来るのが一番であると。

「……それに街には甘いパンがあります」

「甘いパン！」「わふ！」

甘いパン。それはミナトとタロの大好物。

「わぁぅわぅ」

あんぱんもあるかもしれないとタロは目を輝かせている。

「そうだね！　じゃあ、湖を浄化したら、街にいこう！」

「わぁぅわふ！」

ミナトとタロの言葉に、聖女一行はほっと胸をなでおろした。

それから少し歩き、遠くに瘴気に満ちた湖が見えてきた。


それは対岸まで数キロメートル程度の湖らしい。

らしいというのは濃霧のように瘴気が立ち込めて、見通せないからだ。

濃い瘴気が日の光を遮るせいで、周囲一帯は薄暗い。

湖面は原油で覆われているかのように黒くギラギラと光っている。

瘴気にやられたのか草木も枯れている。生物の気配は全くしない。

湖からまだ数百メートルの距離があるのに、鼻が曲がりそうな臭いが漂ってくる。

「くさいねえ、ね、タロ」

「ばふわふ！」

タロは「くさいくさい」といって、鼻をミナトのお腹に押し付ける。

ちなみにピッピはさらに上空へと避難している。もう豆粒にしか見えない。

ジルベルトがボソッという。

「アニエス。あれ浄化できるか？」

「三日かかります。ジルベルト。三日、私を守れますか？」

「……無理だな」

そういって、ジルベルトは湖の周囲を指さした。目に見えるだけで三体の呪者がいる。

「三体とも一級だ。守りながら相手できる敵じゃない」

「三体だけとは思えない」

弓使いサーニャは小刻みに震えながらつぶやく。

目に見えるだけで三体。隠れている呪者はきっとそれ以上いるに違いない。

ヘクトルが魔導師のマルセルに尋ねる。

「索敵の魔法は使っておるか？」

「もちろん。瘴気が濃くて見通せないが湖面の下に少なくとも二体。土の中に一体」

「追加で三体か」

「おいおい、ジルベルト。見通せないといっただろう？　その倍いるだろうよ」

マルセルの言葉に聖女一行は絶句した。

マルセルの見立てがあっていれば、見えているのを含めて九体を相手にしなければならない。

「一人一体でもおつりがくるのぅ」

一級呪者はA級パーティでも苦戦する相手だ。

それを一人で一体以上相手にするなど、想定外だ。

「こちとら、伝説の英雄様じゃないってのによ。どうするアニエス？」

ジルベルトに問われて、アニエスは真剣な表情でつぶやいた。

「絶望的な状況ですね。ですが、救援を呼ぶにしても……」

聖女は深刻な選択を迫られていた。

このまま突っ込めばほぼ間違いなく全員が死ぬ。
だが、この湖の浄化がなせなければ、呪いと瘴気は加速度的に広がっていく。
数十年、もしかしたら数年で世界は滅びるかもしれない。
しかも、時間がたてばたつほど、敵は強大になるのだ。
応援を呼ぼうにも聖女一行より強いパーティはほとんどいない。
応援が駆け付ける時間で、こちらの戦力増加分より敵は強大になりかねない。
ならば、一か八か、世界のために自分たちの命運をかけるべきではないか。
それが至高神のご意思なのではなかろうか。
神は我らに対処できるから、神託を下したはずなのだ。
「……ミナトさんとタロ様に」
サーニャがボソッという。
それはアニエスが葛藤していたことだ。
聖女一行にとってミナトとタロは庇護欲の対象。守るべき相手。
だが、現状、強力な味方であるのは間違いない。
一体で現れた一級呪者とはいえ、タロは一撃で倒したのだ。
だが、一体だけ相手にするのと九体を同時に相手にするのでは難易度が全く違う。
一級呪者九体と同時に戦えば、ミナトとタロも死ぬかもしれない。
死地に赴くのに幼子は連れていくべきでない。

だが、幼子に頼らねば世界が滅びるかもしれない。

世界が滅びたら結局はミナトもタロも死ぬのだ。

アニエスは深呼吸してから泣きそうな顔で呼びかける。

「ミナトさん、タロ様！　世界を救うため！　どうかお力をお貸しください！」

「ん？　いいよ～。そのために来たんだしー」「わふ！　わふ～？」

ミナトとタロは地面に座って、本を読みながら、気の抜けた返事をした。

◇◇◇◇

時間は、聖女アニエスがミナトとタロに手伝ってくれと頼む数分前に戻る。

ミナトは湖を見るなりサラキアの書を読み始めた。

聖女一行の会話は、ほとんど聞いていない。

「広範囲の瘴気を払う方法にはどんなのがあるのかな～？」


【瘴気を払う方法】

ミナトの魔力は神聖なので、魔力をぶつければ払える。

広範囲の瘴気を払いたいときは、周囲にそよ風を吹かすイメージで。

※ミナトの風魔法はレベルが低いので、タロに手伝ってもらおう！
※ミナトが魔力を出して、タロはそれを風魔法で周囲に広げるイメージで。
※サラキアの聖印（首飾りのペンダントトップ）を使おう。
　聖印を使うと魔法、解呪の力などを発動したら威力が跳ね上がるよ！
※簡単に威力が上がりすぎるので、練習の時は使うのをやめておこうね。

「なるほど？　タロは風魔法を練習してないけど大丈夫？」

「ぁぅぁぅ」

タロはミナトのお腹に鼻をくっつけながら、「まかせて」と返事をする。

「これ聖印だったかー」

サラキアの首飾りのペンダントトップは、銀色の金属でできた三日月だ。

大きさは、ちょうどミナトが手で摘まめる程度。

「これを握って、発動すればいいかな？」

「ぁぅぁぅ〜〜」

タロは「僕のには鼻が届かないよ！」と言っている。

タロも至高神の首輪を持っていて、似たような聖印がついているのだ。

「うーん。タロは使わなくても強いからいいんじゃない？」

「わふぅぅ～」

ミナトに強いと褒められて、嬉しそうにタロは尻尾を揺らした。

「一応聖印の使い方も調べておこう」


【聖印の使い方】

魔力をばらまくときは、聖印を摑んで、聖印を通して魔力をばらまくイメージで。

魔法を使うときは聖印を摑んで、魔法を発動するだけでいい。便利！

より威力を高めたいならば、聖印を手に摑んで、サラキアの書を開いて発動しよう！

サラキアの書の代わりにサラキアのナイフでもよいが、少し効果は落ちる。

敵を切り裂きながら使いたいとき以外は、書を使うのがおすすめ。
※聖印もナイフも摑んでいなくても書を開いていれば少しは効果があるよ！
※書もナイフも神器なので、サラキアの聖印との神聖力回路を自動で作ってくれるよ！

「なるほど～。きっと僕が弱いから、サラキア様はいろいろと考えてくれてるんだね」

ミナトは聖印をぎゅっと握って目をつぶる。

「ありがと、サラキア様」「ぁぅ～」

ミナトとタロは心からサラキアにお礼を言った。

「瘴気の払い方はわかったけど……湖自体が呪われてるっぽいよね……」

「わぅ」

「湖自体は呪者じゃないから解呪できるよね。でっかいのを解呪するのはどうすればいいんだろ」

湖は対岸まで数キロあるのだ。そんな巨大なものの呪いを解いたことはミナトにはなかった。

調べるためにサラキアの書のページをめくる。


【湖などの巨大なものにかけられた呪いを払う方法】

瘴気と同じくミナトの神聖力（魔力！）をぶつければ大丈夫。

巨大な湖の解呪は、タロの水魔法と組み合わせて、湖ごと攪拌すればいいよ。


「僕の魔力って便利だねぇ」

呪いも瘴気もぶつけるだけで払えるのだ。

「わふ？」

「攪拌ってのは、まぜるみたいな意味だよ」

「わふ～」

なんでも知っているミナトの賢さにタロは尊敬の念を禁じえなかった。

「タロは水魔法も練習してないけど……大丈夫？」

タロは全属性魔法のLvが89もある。

ものすごく高いLvだが、練習していないのだ。

「ぁぅぁぅ」

タロは「できなくても練習すればいい」という。

「そだね。練習しながらやればいっか！」

少しずつ浄化範囲を広げていけばいい。

そのうちタロも水魔法の使い方がうまくなって、攪拌できるようになるに違いないのだ。

「ぁぁぅ」

タロが鼻の先をミナトのお腹から離して、サラキアの書をめくる。


ミナト、タロ、その湖をお願いね。

その湖は人の手には負えなくなってしまったの。

でも、ミナトとタロならできるわ。そのために近くに送り込んだの。

本当は、ミナトたちの住処の近くにコボルトの集落があるはずだったのだけど……。

環境が私が考えていた以上に悪いところだったみたいで、ごめんなさい。

私が想定していたよりも悪化進行が早かったみたい。

ほんとうにごめんなさい。


「そっかー。やっぱりサラキア様はこの湖を助けるために僕とタロをあの場所に送ったんだね」

「ぁぅ〜」

ミナトとタロは「でも環境は悪くなかったけど」と思っていた。

屋根のある洞穴もあるし、川にはおいしい魚もいるし、おいしいルコラの実もとれるからだ。

ミナトたちの住処の近くには数年前まで優しいコボルトの集落があった。

コボルトは二足歩行の犬のような姿の獣人の一族だから、ミナトも喜ぶとサラキアは考えた。

だが、サラキアがそれを知ったのは十数年前。当時の聖者の一人の目を通じてである。

十数年の間に環境は変わり、コボルトたちは避難し、その後は呪者に占拠されていた。

ミナトたちを送り込んで、しばらくたち、サラキアは事態を知って頭を抱えていたのである。

それからずっと謝るタイミングをうかがっていたのだ。

「謝らなくていいよ〜楽しかったし。快適だったし。ね？」

「ぁぅぁぅ〜」

ミナトとタロは、サラキアの書に向かってそう返事した。

その直後、アニエスが悲壮な声で叫ぶように言った。

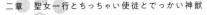

「ミナトさん、タロ様！　世界を救うため！　どうかお力をお貸しください！」

「ん？　いいよ〜。そのために来たんだしー」「わふ！　わふ〜？」

タロは「そりゃ手伝うけど、急にどした？」と首を傾げたのだった。


あまりに気楽に返答されて、聖女は不安になった。

「そんなあっさり！　ミナトさんとタロ様はこの事態を本当に理解しているのですか？」

「わかってるよー。あの湖の解呪をすればいいんだよね？」「わふわふ」

「はい、それはそうなのですが……」

「なら大丈夫だよ。じゃあ、いこっかー」「わふ〜〜」

ミナトはタロの背中に乗ると、ちょっとトイレに行ってくるみたいなノリで歩き出す。

「ちょ、ちょっと待て！　ミナト、一級呪者が少なくとも六体いる、きっともっといるぞ！」

「ふむ？　一級呪者ってあれ？」「わふ？」

ミナトは湖の近くにいる一級呪者の一体を指さした。

「そ、そうだが」

「なら大丈夫だよ、ね？　タロ」

「わふ〜」

タロは「大丈夫」と力強くうなずいた。

「タロ。作戦をかんがえたよ！」

「わふわふ〜？」

「まず、僕が瘴気を浄化するためにえいやってするから、風魔法をお願いね」

「わふ〜」

「うん、まかせるね。そのあと、タロは湖に向かって走って！」

「わふ？」

「呪者は近くにいる奴だけ倒してくれればいいよ！　湖についたら湖を解呪するから」

「わふわふ！」

「そう、水魔法で手伝ってね。大変なのはタロばっかりだけど……」

「わふ！」

「いつも、ありがと。じゃあ、いくよ〜！　むむむむううう！」

ミナトは左手にサラキアの書を持って、右手に聖印を持って空に掲げる。

同時に、ミナトの魔力、つまり神聖力が膨れ上がる。

「ちゃあああああああ！」

ミナトの右手から神聖力が放出され、

「ばあああああう！」

タロは風を吹かそうと頑張った。

——ゴオオオオオオ
台風より強い暴風がタロとミナトを中心に吹き荒れる。

タロは風魔法を使うのは初めてだったので力加減ができなかったのだ。

「うっ！　みんな姿勢を低く！」

ジルベルトが大声で叫ぶ。

聖女一行は飛ばされないよう姿勢を低くして必死に地面にしがみつくようにして耐える。

目に見える呪者はバラバラになりながら、吹き飛ばされて消滅した。

周囲数キロ四方に立ち込めていた瘴気も吹き飛ばされて消滅していく。

濃い霧のような瘴気が晴れ、快晴の空から暖かい日差しが降り注ぐ。

「タロ！」「わぁふ～」

その日差しを浴びてタロは元気に駆けだした。

「わぁわぁぁ！」「わぅわぅ～」

ミナトはすごい速さで走るタロの背中が楽しくて、はしゃいでいる。

タロはミナトが楽しそうなのがうれしくて、尻尾を振って走っていく。

「ま、待て！」

風が収まり慌ててジルベルトたちが走り出したときには、相当距離が離れていた。

せめてミナトたちを守る盾になるために、追いつこうと聖女一行は走る。

だが、タロはものすごく速いので追いつけない。

「ギャアアアアア」

地中に隠れていた一級呪者たちが姿を現し、続々集まってくる。

そのすべてが、タロとミナトに殺到する。

「わぁわぁわぁ〜！」「ばうばう〜」

タロは足を緩めず、通りすがりに一級呪者を一撃で切り裂いた。

簡単に国を滅ぼせる伝説の古竜以上に強いタロにとって、一級呪者など相手にならない。

「ああ、一級呪者が二十体も……」

地中に隠れていたのを含めて、一級呪者が二十体。国がいくつも滅びるレベルだ。

「わぁぅ！」

だが、タロが強すぎて、一級呪者たちは足止めすらできていない。

タロと一級呪者は、速さがまず根本的に違う。

一級呪者が一メートル動く間に、タロは二十メートルは動くのだ。相手にならない。

「タロ、ありがとー」

「わあぅわぅ〜」

ミナトを乗せたタロはあっという間に黒い湖にたどり着く。

「タロ、ありがと！」

「わふ！」

「いま助けるからね！　タロまたお願い。解呪いくよ〜、はあああああ！」

ミナトは左手にサラキアの書を持ち、黒くギラギラ光る湖の水中に聖印を握った右手を突っ込む。

そして、魔力を一気に注ぎこむと、一瞬で直径一メートルほどの範囲の湖面が透明になった。

「ばぶ、ばぶぶぶぶぶ」

その透明になった湖面にタロは鼻先を突っこみ、ぶくぶく息を吐きながら水魔法を使った。

サラキアの書に載っていた「攪拌する」とはかき混ぜること。

そう学んだばかりのタロは張り切っていた。

「ぶぶぶぶぶぶぶ」

タロの魔力は６８１２で、全属性魔法のスキルLvは89という圧倒的な数値だ。

若き天才灰色の賢者マルセルでも、魔力は１３４、水魔法のスキルLvは45でしかない。

それを考えれば、いかにタロが規格外かわかるだろう。

「ぶぶぶぶぶぶぶぅ」

タロの水魔法で、対岸まで数キロある湖の水が文字通り丸ごとかき混ぜられる。

ぐるぐると渦巻きながら、ミナトの魔力が拡散していく。

「……すごい」

それをみたアニエスがつぶやいた。

出会ったとき一級呪者を一撃で屠ったタロがすごいことは知っていた。

それでも、思っていたよりも数倍、いや数十倍、タロは強かった。

「ミナトさん……あなたの力は……一体どこまで」

加えてミナトが尋常ではない。使徒というのはここまで圧倒的なのか。

けして侮っていたわけではない。

だが、神にその力を授けられた聖者や聖女と似たようなものだという意識があった。

「これが、……神の地上での代理人」

ミナトの瘴気を払う能力は、聖女や聖者とは比べ物にならない。

確かに拡散させたのはタロの力だ。

だが、いくら拡散させようとも、元の力が弱ければ、何の意味もないのだ。

数キロ四方を覆っていた瘴気を一気に払う能力。

対岸まで数キロある湖を丸ごと解呪する能力。

そんなことができる者がいるなど、見たことも聞いたこともない。

「なに、ぼさっとしてんだ！」

「はっ、すみません！　そうですね、手伝わないと！」

ジルベルトに一喝されて、アニエスは我に返る。

いくら非力でも、解呪をミナトだけに任せるわけにはいかない。

そう考えて、アニエスは走り続け、その後ろを聖女一行は追いかける。

「ピィイイィ！」

そのとき上空を旋回して警戒していたピッピが強く叫んだ。

ほぼ同時に、湖面がゆっくりと持ち上がり、直径三メートルほどの球体が出現する。

「呪者か!?　一級？」

ジルベルトの問いに、魔導師マルセルが叫ぶように返答する。

「違う！　特級だ！」

国が滅びかねない天災を超える呪者。それが特級だ。

いくらタロであっても、苦戦するであろう相手だ。

「一分でいい！　稼いでくれ！」

灰色の賢者マルセルは自身の持てる最大級の魔法の発動を準備する。

「わかった！」「お任せくだされ！」「仕方ないわね」

ジルベルト、神殿騎士ヘクトル、弓使いサーニャが戦闘態勢に入る。

「違います！　あれは――」

聖女アニエスが、足を止めず走りながら叫ぶ。

「あれは大丈夫！　攻撃しないで！　僕にまかせて！」

アニエスの言葉を引き継ぐように、明るく元気にミナトが叫ぶ。

「いますぐ助けてあげるね！」

叫ぶと同時に、ミナトは湖面から右手を離して立ち上がる。

左手に持つサラキアの書のページが「バサササササ」と高速でめくれ続けている。

高速でめくれるサラキアの書をミナトはちらりと見て、

「ん、わかった。……『サラキアの使徒ミナトが命じる。疾《と》く失《う》せよ』」

その言葉と同時にミナトの聖なる魔力が球体を覆い、

「ンギャアアアアアアアア！」

この世のものとは思えないおぞましい声があがった。

そして、球体が二つに分かれる。

一つは黒いヘドロのような塊で、もう一つは大きな亀だ。

その黒いヘドロの塊に向かって、ミナトは右手の平を向けて、

「えいっ！」

というと、その塊は「びゃぁぁぁぁ……」と悲鳴をあげて蒸発するようにして消えた。


湖に静けさが戻った。穏やかな波音と、さわやかな風音しか聞こえない。

ミナトは「ありがと」と言ってタロを撫でると、波打ち際でぐったりしている亀に駆け寄った。

その亀は甲長二メートルほどもあり、手足ではなくヒレを持っている水棲亀だ。

「大丈夫なのか？」

聖女一行で、真っ先にたどり着いたジルベルトがミナトとタロを心配して尋ねる。

「うーん。傷はないけど弱ってる感じ」

だが、ミナトは亀のことを聞かれたと思った。

「わふ〜？」

「ん。ヒールは体の傷を治すものだから……。この子は精霊だからね。本で調べてみよ」

ミナトはサラキアの書を調べる。

「……精霊って、聖獣とどう違うんだ？」

ジルベルトが疑問を口にすると、

「精霊も聖獣も、神に使命を与えられた存在ですが――」

肉体を持つのが聖獣、肉体を持たないより霊的な存在が精霊だとアニエスが語る。

「それだけでなく、役割も異なり――」

呪者と戦い退治する戦闘要員が聖獣で、瘴気を払い解呪するのが精霊だ。

「なるほどなぁ。あれ？　でも、この精霊様には体があるように見えるが……」

「精霊にとって体は依り代に過ぎず、体が滅びたら次の依り代に入るだけです」

そうマルセルに教えらえて、ジルベルトはやっと納得したようだ。

「精霊様の本体は、私の治癒魔法では癒せないんです」

アニエスが悔しそうに言う。

もちろん依り代である肉体が回復すれば、本体の回復も早まるので無意味ではない。

だが、聖獣や人に比べて、治癒魔法の効果が著しく落ちるのも確かなのだ。

精霊をどうすればいいか聖女たちが話していると、突如ミナトの魔力が膨れ上がり、

「えいっ！　どう？　亀さん」

「……かたじけのうございますじゃ。幼き使徒様」

亀が目を開けて、お礼を言った。

「気にしないで！　元気になってよかったよー」

「え？」「はっ？」「ミナトさん、な、なにをしたのですか？」

驚いたのは聖女一行だ。

「わふ！」

タロは「ミナトはすごいんだ！」と誇らしげにどや顔で尻尾を振っている。

「えへへ。えっとね、サラキアの書で精霊の治し方を調べたんだよ」

そういって、ミナトはサラキアの書の該当ページを聖女たちに見せた。

サラキアの書はミナトとタロにしか読めないが、ミナトが見せようとしたら見せられるのだ。


【精霊の治し方】

精霊は霊的な存在。ありていに言えば本質がＭＰ。

だからＭＰを分け与えよう。普通の人はできないが使徒なら可能。コツは解呪と一緒。

ＭＰを大量に消費するので注意。（２００以上余っていないと、危険）

「ＭＰ２００？　ミナトさん、大丈夫ですか！」

「大丈夫だよー。でもちょっと疲れたけど」

「危ないです！　無理はしないでください！」

アニエスが泣きそうな顔でミナトの肩を摑む。

当代一の聖女アニエスですら、ＭＰは２３０しかないのだ。

その２３０という数値も、世間では規格外と言われている。

アニエスは、ミナトが自分よりＭＰが多いとは思っていた。

ミナトは広範囲の瘴気を払い、湖を丸ごと解呪して、特級クラスの呪者を浄化したのだから。

だが、それによって大量のＭＰを消費したはずだ。

ミナトのＭＰがアニエスの倍あったとしても、枯渇している状態で２００も使ったら体に悪い。

そう、アニエスは考えた。

「大丈夫だよ。心配させてごめんね？」

ミナトはアニエスの頭を撫でた。

「わふっわふっ」

その間、タロは亀をベロベロ舐め、ピッピは甲羅の上に止まってじんわり温めてあげていた。

聖女の頭を撫でた後、ミナトは亀の頭を撫でに行く。

「亀さんは、おなかすいてない？　魚あるよ！」

「なにからなにまで……かたじけのうございますじゃ」

ミナトはサラキアの鞄から焼き魚とルコラの実を出して、亀にふるまう。

「これは！　おいしい魚ですじゃ！」

人にとっては生臭いメルラオオナマズも水棲亀にとってはおいしかった。

「でしょ～。あ、亀さんには、このサラキア様の像もあげる！　お守りになるんだよ！」

「本当に、かたじけのうございますじゃ……」

亀はぽろぽろ涙を流しながら、魚を食べて感謝した。

食事が終わり亀が泣き止んで一息ついた後、皆で情報共有することになった。

まず聖女がミナト以外の全員を紹介して、ここに来た理由を話す。

それから、皆で亀の話を聞いた。

「あれは数年前のことじゃったか。正確にいつなのかはわからないのじゃが……」

亀はこの湖の精霊だという。

何百年もこの湖の化身として、聖獣と協力し周囲を守ってきた。

だが、数年前、呪神の使徒を名乗るものが現れ、聖獣は倒され亀は呪われたのだという。

「わしは使命を果たせず、呪いに飲み込まれかけておりました」

「飲み込まれたらどうなるの？」

「呪者になるのじゃ。それも特級と呼ばれる呪者に」

そう亀が言って、聖女一行の面々は互いに顔を見合わせた。

「亀さん。その呪神の使徒ってどんなのだったの？」

「人型ではあったのじゃが、瘴気が濃すぎて、視認できず……」

「そっかー」

「お役に立てず申し訳ないことですじゃ」

「気にしないで！　呪神の使徒ってのがいるのは知らなかったから助かったよー」

そういいながら、ミナトは亀を撫でる。

「あの使徒様」

「ミナトって呼んで」

「ミナト様。わしと契約してくれませぬか？」

亀はミナトではなくミナト様と呼んだが、ミナトは細かいことは気にしないのだった。

「いいよ！　そうだね、うーん。そうだ！　この湖の名前はなんていうの？」

「メルデ湖とよばれておりますじゃ」

「じゃあ、亀さんの名前はメルデ！」

そうミナトが宣言した瞬間、湖の精霊メルデとの契約が成立した。


「ぴぃ〜ぴぃ〜〜？」

「ん？　ピッピ、僕のステータスが見たいの。いいよ」

ミナトはサラキアの書を開き、慌てて聖女一行は目をそらした。

人のステータスを見るのは失礼なことだからだ。

ミナト（男／5歳）
HP：308／308
MP：104／323↓447
体力：314
魔力：310↓433
筋力：294
敏捷：302
スキル
「使徒たる者」
・全属性魔法スキルLv0↓5　・神聖魔法Lv18↓20　・解呪、瘴気払いLv18↓59
・聖獣、精霊と契約し力を借りることができる　・言語理解　・成長限界なし　・成長速度＋
「聖獣、精霊たちと契約せし者」
・悪しき者特効Lv207↓217
・火炎無効（不死鳥）　・火魔法（不死鳥）Lv＋56
・隠れる者（鼠）Lv70　・索敵（雀）Lv42　・帰巣本能（鳩）Lv25
・鷹の目（鷹）Lv75　・追跡者（狐）Lv49　・走り続ける者（狼）Lv50
・突進（猪）Lv30　・登攀者（山羊）Lv20　・剛力（熊）Lv35

New
・水魔法（大精霊：水）Lv＋127　・水攻撃無効（大精霊：水）
契約者
聖獣166体　精霊1体

「わふわふ～」「……ぴぃ～」

タロもピッピも「ミナトすごい」と言ったが、ピッピはどこかがっかりした様子だった。

「少し強くなったねー」

メルデと契約したことで増えたステータスはMPと魔力だけだ。

メルデは精霊で物理的な存在ではないのでHPや体力などは本質ではないからである。

スキルは【全属性魔法】が5に上がり【水魔法Lv＋127】と【水攻撃無効】を獲得した。

ミナトたちがサラキアの書を確認している間、メルデと聖女たちは別のことを話していた。

「うむ、ミナト様がわしと契約してくれたからのう……もう大丈夫なのじゃ」

「んーっと、なんで大丈夫なんだ？　爺さん」

あっという間に打ち解けたジルベルトが気安く尋ねて、

「無礼が過ぎるわ！　いい加減にしなさい！」

と、アニエスに叱られる。

「ふぉふぉふぉ、よいよい。堅苦しいのは嫌いなのじゃ」

孫に話しかけるようにメルデは語る。

「大丈夫といったのはじゃな。使徒と契約した精霊や聖獣は解呪や瘴気払いの力が上がるのじゃ」

「ほほう？」

「まあ、呪神の使徒が来たらどうかわからぬが……並みの呪者にはもうやられぬぞ」

メルデは力強くそう言うと「ふぉふぉふぉ」と笑った。

「湖のことも安心するとよいのじゃ。わしが元通りになれば湖も元通りじゃ」

ほっとする聖女一行に、メルデはちらりとミナトたちを見てから言う。

「そうじゃ。近くに温泉があるから入っていくとよいのじゃ」

「温泉！　それはいいですね！」

ものすごく汚いミナトを見て、聖女も賛成した。

「ミナトさん、タロ様！　ピッピさん。温泉があるそうですよ！　行きましょう！」

「温泉！　やった！」「わふ〜わふ！」「ぴぃ〜？」

ピッピは気が乗らない雰囲気だが、ミナトとタロは大喜びだ。

「ふふ。ミナト様、こちらですじゃ」

べちゃべちゃとヒレを器用に使って、メルデは歩いていく。意外と速い。

そのメルデの甲羅にピッピが止まる。

「ぴぃ〜？」

「むむ？　ピッピ殿は【状態異常無効】のスキルが気になるのじゃな？」

「ぴ〜」

「うーん。【状態異常無効】を持つ精霊……。聞いたことがないのじゃ」

「ぴぃ〜ぴぃ〜」

「聖獣ならば、【状態異常無効】の下位スキル、【毒無効】を持つものはいるやもしれぬが……」

ピッピはメルデとなにやら、難しいことを話していた。


五分ほど歩いて温泉に到着する。それはタロが泳げそうなぐらい広い温泉だった。

「瘴気に覆われ、腐った湯であふれていた温泉が、まるで聖泉のようじゃ」

温泉を見てメルデは感動のあまり涙をぽろぽろこぼした。

そんなメルデをミナトは撫でて、タロは舐めまくった。

そして聖女アニエスとジルベルトが、どちらがミナトと一緒に入るかもめ始めた。

最終的に「恥ずかしい！」といったミナトの意見が通り、ジルベルトたちと入ることになった。

「お風呂に入るの久しぶりかも！」「わふわふ〜」

そんなことを言いながら、ミナトが全部服を脱ぐと、

「ミナト様、体を洗うのと洗濯はわしに任せてほしいのじゃ」

「メルデに？」

「わしの水魔法を使えば、体を洗うのも洗濯もすぐですじゃ」

メルデが前ヒレを動かすと、温泉から暖かいお湯の球が六つ飛んでくる。

その温水の球がミナトとタロ、ジルベルトたち、そして皆が脱いだ服を包みこんだ。

「わー！　すごーい」「わふぅ～」「「「おおお～」」」

ミナトとタロは目を輝かせ、ジルベルト、ヘクトル、マルセルも歓声を上げた。

「水魔法の便利な使い方ですじゃ！　水魔法は攻撃だけではないのじゃ」

球の中はかなり高速でお湯が流れている。あっという間にお湯が泥水になる。

メルデはそのお湯をどんどん交換しながら、ミナトたちを綺麗にしていく。

「水流をイメージすることが大事ですじゃ」

「ほほー」「わわふ～」

「水を流しながら。水自体を浄化するのですじゃ」

「浄化ってどうやるの？」「わふ？」

「わしは水に溶け込んだ汚れを分離して外に取り出しておりますのじゃ」

「ほうほう」「わふわふ」

「ですが、ミナト様ならば、解呪、瘴気払い、神聖魔法を利用して水ごと浄化も可能ですじゃ」

「ほほー」「わぁぅ」

「日常の汚れ程度ならば、服を着たままでも充分すっきりしますすじゃ」

「便利だね！」「わふわふ！」

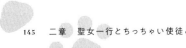

「メルデ殿。これは、なんとも心地よいですな」

ヘクトルがうっとりした目で言う。

「マッサージ効果もありますのじゃ」

メルデの水流操作が巧みで、まるで手で優しく揉まれているかのようだ。

「頭を洗うので、目をつぶって息を止めてくだされ」

「はい！」「わふ！」

お湯はミナトたちの頭の上まで包み込み、あっという間に綺麗にした。

「さっぱりしたー。メルデありがと！」「わふー」

「本当に心地が良かった。ありがとう」

ジルベルトたちも丁寧にメルデにお礼を言う。

「いえいえ、お粗末様でしたのじゃ。あ、服は水を操って乾燥もさせておきましたのじゃ」

「すごい、本当に便利だねぇ」「わふわふ～」

「なんと、そこまで！」

「今後、少しでもミナト様の生活が便利になるなら、このメルデ、とてもうれしいですじゃ」

メルデは満足そうにそういった。

綺麗になったミナトたちはメルデと一緒に温泉に入る。

「気持ちよかったねー」

ミナトはお湯に入り、メルデの甲羅にもたれながら言う。

「ミナト。怪我してないか？」

「してないよー」

「一応見せてみろ」

ジルベルトがミナトの両わきに手を入れて、ばさぁとお湯からあげる。

「うん。怪我はしてないな？　あー、意外と痩せてもないな」

「ちゃんと、ご飯を食べてたからね！」

ジルベルトがミナトをチェックしている間、ヘクトルがタロの体に異常がないかチェックする。

「タロ様も痩せておりませんな」

「わふ～」

体を確認するためにヘクトルが毛をかき分ける仕草が、タロは気持ちいいらしい。

目をつぶってうっとりしている。

「わ、私にもタロ様を撫でさせてください」

それを見ていたマルセルがたまらずにタロに近づいてモフモフし始める。

「ヘクトルは遊びでモフモフしているわけじゃないぞ」

ジルベルトが笑いながら言うと、

「うるさい、そんなことは百も承知だ」

マルセルはそう言い返して夢中でタロをモフモフする。

「ぴぃ～」

一方、ピッピは温泉には入らず、ふちに止まってミナトたちを見つめている。

「ピッピは入らないの？」

「ぴぃ～」

ピッピは「いつもきれいだから入らなくていい」と言う。

「そうかなー、ピッピも汚いと思うけど」

「ぴ！」

ピッピは「見てて！」と言うと全身を火で包む。

「おお～！」「わふ～！」

「ぴ？」

ピッピは「な？」とどや顔だ。

全身を火で包めば、ついた虫は死ぬし、汚れは灰になる。

そのあと水に突っ込めば、汚れは全部落ちるというのがピッピの主張だ。

どうやら、ピッピは風呂が好きではないらしい。

「ふうむ～？　えぃ」

「ぴぴ？」

ミナトが指を動かすと、あっという間にピッピをお湯の球体が包み込む。

「気持ちいいでしょ？」

「ぴぃ〜〜……」

ピッピは一瞬、びくっとしたが、すぐにとろんとした目になる。

「水流が気持ちいいんだよー」

メルデが教えてくれた水球洗浄は単に流れる水に突っ込まれるわけではないのだ。

「マッサージ効果もあるんだよー」

「そうですじゃ。まるで手でもまれているかのように感じるはずじゃ」

「ぴぃ……ぴぃ」

メルデは気持ちよさそうなピッピを見てうんうんとうなずいた。

「神聖魔法の効果もつけて、ヒール機能と消毒効果も……ついでに瘴気を払う練習も」

ピッピはミナトたちと一緒に濃い瘴気の中で過ごしていたので、瘴気が付着していたのだ。

「一度見ただけで再現するだけでなく、応用するとは、さすがミナト様ですじゃ」

「そかなー。えへへ。あ、みんなもマッサージしてほしかったらいつでも言ってね！」

「それは助かりますな」

ヘクトルが笑顔で言った。

「わはははは」「わふわふ〜」

それからミナトとタロは温泉の中で楽しくはしゃいで遊んだのだった。

ミナトたちが温泉からあがった後、アニエスとサーニャが入ることになった。

その間にメルデが、温泉から離れた場所でアニエスたちの衣服を綺麗に洗濯する。

「洗濯のコツは、乱暴にしないことですじゃ」

「ほむほむ？」「わふわふ？」

「洗体は少し強めにしたほうがマッサージになって心地よいこともあるのじゃが――」

「ほほー」「わふ～」

メルデに水魔法の使い方を教えてもらい、ミナトはどんどん知識を身に着けた。

その様子を見ていた、ジルベルトが言う。

「それにしても、見違えたなぁ」

「そうかな？」「わふ？」

「ああ。最初、ミナトもタロ様も泥だらけで、一体何者だって感じだったからな」

「ええ、魔物の一種かと思いましたよ」

マルセルも笑う。マルセルはジルベルトに対する口調以外は丁寧なのだ。

ミナトたちはメルデのＭＰが回復するまで、湖に滞在することになった。

「ミナトは俺たちのテントで眠るといい」

「え！　でも、テントが小さすぎて、タロがはいれないし」

「わぁうわぁう」

タロは「大丈夫。ミナトはテントで寝て」というが、ミナトはタロと一緒が良かった。

「ならば、ミナト様はこちらにどうぞなのじゃ！」

そう言って、メルデが洞穴に案内してくれる。

「ここは昔、わしや聖獣たちが暮らしていた巣穴なのですじゃ」

「ふわぁ！　臭くない！」「わふわふ！」「ぴぃ～」

「ミナト様が瘴気を払ってくれたおかげですじゃ」

「そっかー。瘴気を払ったら臭くなくな、……あっ」

「わふ？」

「もしかしたら僕たちの家も、瘴気を払ったら臭くなくなったのかも……」

「わぁぅ！」

タロは「さすがミナト。それに気づくとは天才だ」と感心していた。


次の日、ミナトとタロ、ピッピは神像を作ることにした。

「呪者がこないようにお守りをおこう！」

「わふわふ！」「ぴぃ～」

「メルデの巣穴の周りにも並べよう！　そうすれば、聖獣たちも戻ってきたとき安心だし」

「わふ～」「ぴっぴぃ～」

ミナトとタロが神像を作っている間に、アニエスたちは湖の周囲に神像を運んでくれる。

作りためておいた神像が沢山あるのだ。

神像を作ったミナトとタロはすぐに泥だらけになるが、そのたびにメルデが綺麗にしてくれた。

みんなで手分けした結果、湖の周囲に合計三十体の神像を配置することができた。

「これで、だいぶましになるはず！」「わふ～」

「ありがとうございますじゃ」

「うん、確かに湖の神聖力が高まっているのを感じるわ」

「まるで神殿、もしくは聖地のようですな」

アニエスとヘクトルがそういってうんうんとうなずいていた。

二日目の朝。ミナトが目を覚ますと、熊と狐が五匹やってきた。

「がお」「きゅーん」

どうやら、この近くにいた聖獣が、湖の正常化に気づいてやってきてくれたらしい。

その聖獣たちにも「君は熊2号！　君は狐8号！」と名づけをして、契約する。

「おかげさまで、湖の守りは万全になったと思いますじゃ」

「それならよかったよー」「わふ～」

これで湖は大丈夫。ミナトはそう思って安心した。


メルデのMPが回復したのは、解呪から四日目のことだった。

メルデはMPが多く、その分回復にも時間がかかるのだ。

メルデが元気になったのを確認して、ミナトたちは街へと向かうことになった。

当然、湖の精霊であるメルデは、湖に残ることになる。

「離れていても、わしの心は一緒ですじゃ」「がおがお」「きゅーん」

「うん、また遊びに来るね」「わふわふ～」

「待っておりますじゃ」「がぁお」「こーん」

途中何度も振り返りながら、ミナトは湖を去ったのだった。


ミナトは元気に歩いていく。大人たちより歩くのが速いぐらいだ。

狼の聖獣にもらった【走り続ける者Lv50】のスキルがあるので、ミナトは疲れないのだ。

「温泉、気持ちよかったねー」

「わふ～」

前世のころ、ミナトとタロの住んでいた部屋には風呂がなかった。

銭湯に行く金もなくタオルを濡らして体をふいていたのだ。

「温泉いいよねー」

「わふわふ～」

だからこそ、温泉の気持ち良さにはまった。

そんなミナトとタロにアニエスが言う。

「ミナトさんは各地を旅するのでしょう？」

「うん！　そうだよ！　苦しむ精霊とか聖獣とかが世界中にいるからね！」「わふ～」

街に行くのも、呪われた聖獣や精霊の情報を集めるためだ。

「ならば、各地の神殿を拠点にしましょう！　神殿には温泉か……お風呂はあります」

「そうなんだ！　すごい」「わふ～」

だが、すぐに表情が曇る。

「あ、でも、僕が神殿に行っても大丈夫かな？」「わふ……」

「大丈夫です。使徒と神獣ならば、崇拝されますし、どの神殿でも我が家のようにふるまえます」

「崇拝？」「わふ？」

首を傾げたミナトとタロに、ジルベルトが言う。

「みんなが、ミナト様、タロ様、って平伏して言うことを聞いてくれるようになるってことさ」

「それはちょっと……嫌かも。ね、タロ」

「わふわふ」

タロも「そうだそうだ」と言っている。

「そうか。嫌か。でも、みんな言うことを聞いてくれるぞ？　おいしいものも食べ放題だし」

「うーん、もっと普通に世界を見てみたいかも」

崇拝されるということは街の人々にものすごく注目されるということ。

遊びにくくなるし、ミナトが話しかけた皆が恐縮し、緊張するようになる。

そして何よりも、タロがそういうのを喜ばないとミナトは思ったのだ。

「わふ～」

「やっぱり？　タロも嫌だって」

「そうですか。気持ちはわかります」

アニエスがうんうんとうなずく。

「わかる？」「わふ？」

「わかります。私も聖女になってからというもの……街では気が休まりません」

「アニエスは、もともとお転婆だもんな」

ジルベルトがからかうようにそう言うと、

「いえ？　それはないですが？　私は昔からおしとやかでした」

と真顔でアニエスは答えた。


それからアニエスは笑顔でミナトの頭を撫でた。

「でも困ったときは使徒だと明かせばいいですよ。助けてもらえます」

「貴族や王族には特に効果が大きいですぞ。切り札にするといいかもしれませぬな」

ヘクトルがそう言って、いろいろ説明する。

貴族や王族も、神殿の権威には頭が上がらなかったりする。

だから、貴族や王族の横暴を止める時には、使徒という立場は強いらしい。

「そっかー。でも僕が使徒だってわかるかな？」「わふわふぅ？」

「そんな時こそ、その聖印ですよ」

アニエスに言われて、ミナトとタロは首に下げた聖印を見る。

「敬虔なものがその聖印を見れば、その力に気づきますから」

「お前も聖印に気づいてなかっただろ」

ジルベルトに突っ込まれて、アニエスは顔を真っ赤にする。

「そ、それは泥まみれだったから、見えなかっただけです！」

ミナトは、聖印を見せるときは泥をちゃんと拭かないとだめなんだなと思った。

三章

王都に行くちっちゃい使徒《幼子》とでっかい神獣《子犬》

街につながる川沿いをミナトたちは歩いていく。

歩きながらヘクトルが優しく言う。

「本当は川沿いに下っていくことは、よくないのですぞ」

「そうなの？　街につながってるなら迷わないからいいんじゃないの？」

「そう考えて、川沿いに歩けば、高い確率で滝に遭遇するのですな」

「ふおー、滝！」「わふ～」

滝、つまり濡れて滑りやすい崖に遭遇する確率が非常に高い。

滝をがんばって降っても、高確率で再び崖に遭遇する。

その結果、進むことも戻ることも難しい状態に陥ることが多々あるのだ。

「ほら、滝が見えてきましたぞ」

「あ、滝だー」「わふわふ！」

「ご安心を、ミナトさんのことは、この爺が背負って……」

「わー」「わぁふわあふ」

ミナトはまるで崖に住むヤギのように跳ねるように滝の横を下っていった。

ヤギの聖獣から授けられたスキル【登攀者】の効果である。

「…………」

「残念だったな、爺さん。おーいミナト！　待ってくれ」

ジルベルトは素早くロープを使って崖を降りていった。


夜になると、ミナトはタロの横に寝っ転がる。

そして、アニエスにもらったブラシを使って、タロをブラッシングする。

「わ、私にもさせてください」

それを見ていたマルセルがたまらず声をかける。

「わふ～」「いいよー」

タロの許可を得て、ミナトからブラシを受け取ったマルセルがタロの背中をブラッシングした。

「もうちょっと力を入れたほうが、タロは喜ぶよー」「わふ～」

「こうですか？」

「そうそう」「わふわふ」

ミナトに教えてもらいながら、マルセルは実に幸せそうにブラッシングをする。

「わ、私も」「俺も……」「私も」「わしも」

それを見て、アニエス、ジルベルト、サーニャ、ヘクトルまでタロをブラッシングしたがった。

「わふわふわふ〜」「順番だよ」

聖女一行は順番にタロをブラッシングして癒された。そして、タロは一層モフモフになった。

ブラッシングが終わると、ミナトはでっかいタロの前足と後ろ足の間に横たわる。

そして、タロの尻尾を抱っこして眠った。

もちろんジルベルトたちはテントに入るように言ったが、ミナトはタロと一緒が良かったのだ。

「タロはあったかいねえ。今日はいつもよりモフモフだねぇ」

「わふ……」

「ピッピもあったかいねぇ」

「ぴぃ」

ピッピはミナトのお腹の上で眠る。

フェニックスであるピッピはカイロのように温かかった。


夜、テントの中に入った聖女一行も静かになったころ。

「……ぴぃ？」

「ん？【状態異常無効】のスキル？　うーん。そんなの持っている子いるのかな」

「ぴぃ……」

「どうして、ピッピは【状態異常無効】を持つ子が気になるの？」

「…………ぴ」

「そっかー、言えないなら言わなくても大丈夫だよ」

ミナトはサラキアの鞄からサラキアの書を取り出した。

「【状態異常無効】を持つ聖獣、精霊を調べてみようね」

ミナトは肩に乗ったピッピと一緒にサラキアの書を読む。


【状態異常無効】

毒や精神操作（混乱、催眠、強制睡眠、精神操作等）を無効にするスキル。

所持している聖獣は非常に少ない。

だが下位スキルである【毒無効】を持っている種族の特異個体なら所持している可能性あり。

【毒無効】を持つ代表的な魔物は「スライム」
※多くの【毒無効】を持つ聖獣と契約すれば、使徒は【状態異常無効】を獲得する可能性あり。

【スライム】

掃除屋と呼ばれ、死肉などを食べて消化する。

生息域：森林地帯、洞窟内、平原、都市内。

ほとんどのスライムは弱いが、毒を吐いたりする強い個体もまれにいる。

何を食べているかによって、細かい種類に分かれる。


「スライムなら、持っている可能性があるかもだって」

「ぴぃ～？」

「スライムの聖獣のうわさを街できいてみようね」

「ぴぃ」

ピッピは「ありがと」と言って、ミナトのほっぺに顔を押し付けた。

「……ふんふん」

タロはそんなミナトとピッピの匂いを嗅いで、なぜか満足した様子で目をつぶった。


次の日、ミナトは歩きながら、聖女一行の皆に尋ねる。

「スライムの聖獣っているのかな？」「…………」

タロの背に乗ったピッピがじっと聖女一行を見つめている。

「スライムの聖獣？　聞いたことがないな」

「私もありませんね」

「私もないかな。エルフの森にもスライムはいたけど……聖獣ってのは聞かないかも」

「うーん、寡聞にして、わしも聞きませぬな」

ジルベルト、アニエス、サーニャ、ヘクトルが知らないと答えるなか、

「そりゃあ、いるでしょう？」

マルセルは当然だというように答えた。

「いる？　マルセルさんはみたことあるの⁇」

「みたことはありませんが……」

「ないのか～」「わふ～」「ぴぃ～」

しょんぼりしたミナトたちをみて、慌ててマルセルが言う。

「あっ！　わかりにくくてすみません、そうですね……わかりやすく言うと……」

そう言いながら、マルセルは優しくミナトの頭を撫でた。

「聖獣というのはどんな種族の魔物の中からも、たまに生まれるものなんですよ」

「そうなんだ！」「ぴ～」

「だからスライムの聖獣もいますよ」

「いるのかー。どこに行ったらあえるかな？」

「さあ……そこまでは。ですが、スライムが沢山いるところに行けば確率はあがるかと」

「ほほう？　スライムが多いところかー。どんなとこが多いの？」「ぴぴぃ？」

少し考えて、マルセルは答える。

「うーん、そうですね。一番多いのは下水道ですね」

「下水道かー」「ぴぃ～」

「下水道は、森や洞穴より餌となる生ごみとかが沢山ありますからね」

聞いたら答えてくれるマルセルを、ミナトとピッピは尊敬のまなざしで見つめる。

「ねえねえ！　どうやったら下水道にいけるの？」「ぴぃぴぃ？」

「下水道ですか？　清掃業者に頼むとか……」

「違うぞ。マルセル。下水道の清掃は冒険初心者の仕事だ」

ミナトのマルセル人気に嫉妬したジルベルトがすかさず言った。

「そうなのか？　私はてっきり清掃業者が担っているものだと」

「ああ、学者出身だと体験しないかもな。冒険者は大体下水道でデビューするんだ」

「ジルベルトさん！　冒険者って何？」

キラキラした目でミナトに見つめられ、ジルベルトは嬉しそうに答える。

「冒険者ってのはな、魔物討伐、薬草採取、荷物運びなんかもするなんでも屋だ」

「ほえー。僕もなれる？」

「ああ、なれるぞ。年齢制限も何もないからな」

詳しく聞くと、ごみ拾いとかで生活する子供の冒険者もいるらしい。

下水道清掃は怪我や老いで戦えなくなった冒険者のために、安全な仕事を斡旋したのが最初らしい。

その安全な仕事を、保護者のいない子供も担うようになったのだ。

「街についたら僕も冒険者になろ！」

「わふわふ！」

話を聞いていたタロが「タロもなる！」と張り切って、ミナトの周りをぐるぐるまわる。

「タロもいっしょになろうねー」

「わふわふ～」

「タロ様は、犬だから冒険者になれないぞ？」

「……きゅーん……ぴぃ～～」

タロが悲しそうに鼻を鳴らす。

「だ、大丈夫よ、タロ様。ミナトさんの従魔として登録すれば一緒に行動できますから」

「従魔ってのはなに？」「わふ～？」

「従魔っていうのは冒険者が管理責任を担う魔獣のことで……」

そこまで言って、ミナトとタロには難しいと思ったアニエスは言いなおす。

「従魔っていうのは冒険者の相棒の魔獣のことですよ」

「タロ様は魔獣ではないですが、魔獣ということで登録すれば問題ないでしょうな」

アニエスとヘクトルにそう教えてもらって、

「わふわぅ！」

タロは嬉しそうに尻尾を振って、ミナトとアニエス、ヘクトルの顔を舐めた。

メルデ湖を出発してから四日後、遠くに大きな街が見えた。

「でっかいねえ！」「わふ～」

「ミナト、タロ様。あれがリチャード王の治めるファラルド王国の王都ファラルドだよ」

張り切って教えるのはサーニャだ。

聖女一行の中で自分が一番ミナトに懐かれていないのでは？　とサーニャは懸念していた。

だからこそ、いろいろ教えることで、ミナトと仲良くなろうとしているのだ。

それに気づいている聖女一行は、サーニャが可愛そうなので邪魔しないことにした。

「国の名前と王都の名前が一緒なんだね」「わふ～」

「そうなの！　それに加えてリチャード王の家名もファラルドなの」

「へー」「わぁぅ～」

ミナトとタロの目がキラキラと輝き、サーニャはどんどん張り切っていく。

「それでね！　ファラルドを囲む壁の外側にも――」

ファラルドは多層的な街だ。王城があり、それを囲む壁がある。

そして中心街を囲む壁があり、その外にも街が広がり、三つめの壁がある。

さらにその外にも街が広がっているのだ。

「人口が増えて、街がどんどん拡張されて、壁を作るのが間に合ってないの」

「ほえー」

「壁よりも下水道と上水道の整備を優先した結果ね」

おかげで下水道は拡張に拡張を重ねて、どのダンジョンよりも複雑だと噂されているらしい。

「名物は鶏の皮を串にさして、あまじょっぱいたれをかけてカリカリに焼いたやつね！」

「ふわーおいしそう」「わふわふ～」

「今度街を案内してあげるわね！」

「うん！　あ、ファラルドに甘いパンはある？」「わふわふ！」

「もちろん、あるわ！」

「やったー」「わふ～」

ミナトとタロは大喜びではしゃいでいる。

「……ぴぃ～」

一方、十メートル上空を旋回するピッピは、緊張した様子でファラルドの城壁を見つめていた。


王都ファラルドに入るには、門で審査を受ける必要がある。

「これは、聖女様。おかえりなさいませ。……そちらのお子様と……あの大きな犬は？」

タロを見て、門番は顔を引きつらせていた。

「こちらはミナトさんとタロ様。神殿のお客様です。くれぐれも丁重に扱ってくださいね」

そうアニエスが言うだけで、あっさりと門を通る許可が出た。

「アニエスすごいねー」「わふ～」

メルデ湖からの道中で、ミナトはアニエスたちのことを呼び捨てするようになった。

それはアニエスたちがそうするよう、何度もお願いしたからだ。

使徒に敬称をつけて呼ばれることに抵抗があるというのがその理由だ。

「こうみえても聖女ですからね！　あ、ミナトさんもタロ様も神殿においでください」

「はい！」「わふ！」

「身分証があると便利ですからね。ピッピさんは……きっと、ついてきますね」

ピッピは上空を油断なく旋回している。

この世界では神殿が身元保証を行うらしい。

「身分証って、なんかかっこいいね。ね、タロ」

「わふふ」

身分証はちょうど日本の運転免許証みたいな形状なのだ。

ミナトはカードをかっこいいと感じる年頃だった。

「あ、僕はサラキア様の使徒だけど、アニエスの至高神の神殿でいいのかな？」

「大丈夫ですよ。至高神神殿の中にはサラキア様に祈る場所もありますから」

「ほえー、そなんだー」「わふ～」

至高神とサラキアは親子だからかもしれない。

日本の神社でも境内の中に複数の神様が祀られていたりするし、そういうものなのだろう。

王都をしばらく歩くと、ずっと下水道の臭いが漂っていることにミナトとタロは気づいた。

「わふ……」

「そだね。少し臭いね～」

下水道が詰まっているか、通気口が近いのかと思ったが、ずっと臭かった。

ミナトたちが歩いていると、道行く人は巨大なタロを見て一度驚く。

それから、アニエスたちを見て、ほっと胸をなでおろす。

民たちは聖女が連れているなら危ない生き物ではないと思ったのだ。

「聖女様、なんて麗しい……」「ああ、ありがたやありがたや」

聖女アニエスは皆に人気だ。老人の中にはひざまずいて礼拝《らいはい》を始めるものまでいる。

「……水が綺麗になって皆が元気になったのも聖女様のおかげなんだ。ありがてえありがてえ」

聖女が湖を浄化しに行ったことは噂になっていた。

そして、結果として水が綺麗になったので、聖女が浄化に成功したのだと民は信じている。

「あ、ジルベルト様だ！」「さすがは剣聖伯爵の後継者。なんて精悍な面構え……」

「あれは、マルセル様！」「なんて知的なの！」

「サーニャ様だ、なんて麗しい」「ヘクトル様、しぶい」

聖女の次に人気があるのはジルベルトだ。男女関係なく人気があるらしい。

マルセルは主に若い女性に人気がある。知的な雰囲気がいいらしい。

賢者の学院首席とか、学院始まって以来の天才とか、ささやく声が聞こえてくる。

ヘクトルとサーニャも、マルセルほどではないが人気があるらしかった。

「みんな人気だねぇ」「わふ〜」

「ミナトとタロ様も大した人気だぞ」

ジルベルトがそういってにやりと笑う。

「そかな？」「わふ〜？」

ミナトとタロは、まったく気にしていなかった。

だが、街の人々は、

「……かわいい子だ。聖女様の縁者だろうか」「孫に欲しい」

「モフモフだ」「顔をうずめたい」

ミナトとタロに好意的な目を向けていた。

それでも、聖女の人気が圧倒的なのは間違いない。

「……こうして皆に頼られると、自分の非力さが嫌になります。今回も結局……」

一瞬、アニエスは泣きそうな顔をした。

そのアニエスの頭をジルベルトがぐしゃっとする。

「俺たちはできることをやるだけだ。そうだろ」

「髪が乱れます、やめてください」

そういって、アニエスはジルベルトの手を振り払う。

その時には、アニエスはいつもの笑顔に戻っていた。

「ミナトさん、タロ様。あれが神殿ですよ！」

「立派だねえ！」「わぁぅ〜」

至高神の神殿は門から入って五分ほど歩いたところにあった。

一キロメートル四方の敷地のなかに沢山の石造りの建物が建っている。

敷地全体が三メートルほどの高さの石壁に囲まれていて、まるでお城のようだった。

「あれが本殿。信者の皆様が礼拝に来られます。それであちらに見えるのが職員宿舎ですね」

「ほむほむ」「わむわむ」

「サラキア様の礼拝所は本殿の中、至高神様の隣にあります」

「おお〜立派だ」「わふむ〜」

「まずは報告と手続きをするために奥の院に行きましょうか」

本殿の奥にある神殿長やいろいろな職員のいる場所を、至高神の神殿では奥の院と呼ぶらしい。

「私の執務室も奥の院にあるんですよ」

「アニエスの住処は？」

「奥の院のさらに奥にあります」

「ほえー」「わふ〜」

アニエスはどんどん本殿の方へと歩いていく。

「本殿の中を通るのが、奥の院への近道なんですよ」

「そうなんだ！」「わふ〜」

アニエスが本殿の中に入ると、気づいた信者たちが、ざわざわし始めた。

「聖女様だ」「なんとお美しい」

「ありがたやありがたや」

自分を礼拝し始めた信者たちを、アニエスは優しい笑みでたしなめる。

「ここは神殿です。神様以外を崇拝する場所ではないのです」

アニエスがそういうのとほぼ同時、アニエスのすぐ後ろにいるタロに光柱が降りる。

その光の柱は天空から屋根を透過してタロに届いていた。

「わふ？」

「……至高神様がその力を顕現なされた。祝福されたのだ」

神殿騎士ヘクトルが、素早く移動しながら、膝をついて首《こうべ》を垂れる。

ヘクトルはタロの方を向いているが、間に聖女を挟んでいる。

はたから見れば、聖女にひざまずいているように見えるだろう。

そして至高神の奇跡を目の当たりにした信者たちは、聖女に向かい一斉に床に頭をつけた。

全ての信者が感涙し、至高神と聖女を讃えている。

タロはアニエスのすぐ後ろにいた。だから信者たちもアニエスに光柱が降りたと思ったのだ。

「…………ジルベルト」

アニエスは一瞬困惑した表情を見せた後、ジルベルトの名を呼んだ。

「……わかってますよ」

至高神の光柱が収まるのを待って、ジルベルトが大きな声を張りあげた。

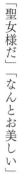

「皆を悩ませていた湖の呪いは浄化した！　安心するがよい！」

「ありがてえ、ありがてえ！」「呪いを解かれた聖女様を至高神様が祝福されたのじゃ」

信者たちは祝福されたのが聖女だと誤解した。

誤解させたまま、アニエスは信者に微笑み、そのまま本殿を通り過ぎて、奥の院へと向かった。

「ぴかーってなったねぇ。すごいねぇ」「わふわふ～」

ミナトとタロははしゃぎながら、本殿を通りすぎ、アニエスに連れられて奥の院へと向かう。

奥の院に入る前、周囲に信者がいなくなると、アニエスが頭を下げた。

「申し訳ありません。タロ様。祝福されたのはタロ様だというのに……」

「わぁうわぁぅ！」

「タロが『ありがと』だって。崇拝されたくないって言ってたからかばってくれたんでしょ？」

「はい……ですが、至高神様のご意思に反するようなことを……」

「わぁぅ～」

「タロは『至高神様はたぶん深くかんがえてないよ』だって～」

アニエスとヘクトルは、そんなわけはないと思った。

深い叡智を持つ至高神が、何も考えずに祝福するわけがないと考えたのだ。

「わふわふ～」

だが、タロが堂々とそう言うので、ジルベルトたちはそうかもしれないと思った。

「本当にありがとうね。あの場でタロが崇拝の対象になったら大変だったよ～」「わぁぅ～」

ミナトとタロが改めてお礼を言うと、アニエスは頬を赤くして照れていた。


その後、張り切ったアニエスによって、てきぱきと手続きがすすむ。

まずは神殿のトップである神殿長に、任務の結果を報告しつつ、ミナトたちを紹介した。

神殿長には、いろいろ便宜を図ってもらうために使徒と神獣であることは明かしておく。

「至高神様の神獣様、サラキア様の使徒様。拝顔の栄に浴し恐悦至極に存じます」

「よろしくです！」「わふ」

神殿長は、崇拝されることを望まないというミナトたちの意見を尊重してくれることになった。

王室にも報告せず、神殿の幹部たちにも伝えないでくれると約束したのだ。

そのうえで身分証を発行し、ミナトたちの希望に沿った宿坊を用意してくれる。

「この宿坊であれば、タロ様でもくつろげましょう」

神殿長が自ら案内してくれた宿坊は、奥の院のはずれにあった。

三十人ぐらいが寝泊まりできそうな大きな部屋だ。

本来、よその神殿から、信者や神官たちがまとめてやってきたときに泊まる宿坊らしい。

「神獣様と使徒様がお泊りになる部屋としては質素すぎるかもしれませんが……」

「そんなことないよ！　すごくいい！　ね、タロ」

「わふわふ！」

その宿坊にはベッドはなく、靴を脱いで上がる板の間があった。

そこに布団を敷いて眠るのだ。

大勢の神官を詰め込むにはベッドより布団の方が面積効率がいいということだろう。

ミナトとタロの出した一緒に泊まれる部屋がいいという要望に一生懸命応えてくれたのだ。

「すごく気に入ったよ、ありがと！」「わふわふ」

「喜んでいただけてうれしいです」

神殿長はほっとした様子で胸をなでおろした。

「ミナトさん、タロ様。私もここに泊まりますね！」

「じゃあ、俺も」「私も」「私も」「わしも」

みんながここに泊まると言い出し、それは良くないということになった。

旅先でもないのに、男女が一緒の空間で寝るのはよくないと神殿長が言ったのだ。

激しい話し合いの結果、最終的にジルベルトが泊まることになった。

「ジルベルト、よろしくね！」「わふわふ！」

「ああ、こちらこそよろしくだ」

「ちっ」

アニエスが舌打ちし、神殿長がぎょっとした表情を浮かべた。

神殿長が去った後、ジルベルト以外の聖女一行も自分たちの部屋に戻っていった。

それから、しばらくして、ピッピが宿坊の窓から入って来た。

「ピッピ、どこ行ってたの？」

「ぴぃ～」

「そっかー。周囲を偵察してくれてたの？　ありがと」

ミナトが肩に止まったピッピを撫でていると、装備の点検をしながらジルベルトが尋ねる。

「ミナトは王都で優先的にやりたいことはあるのか？」

「ぴぃぴぃ！」

「あ、スライム探さないとだよね。えっと、下水道に入るために冒険者ギルドに登録しようと思ってるんだ！」

「ぴぃぴぃ！」

ピッピが「そうそう」と言っている。

理由は不明だが、ピッピは【状態異常無効】のスキルに興味があるのだ。

そしてスライムは【状態異常無効】の下位スキルである【毒無効】を持っている。

「そっか。……ミナトのことだから大丈夫だと思うが、気をつけろよ」

「うん！」「わぅ！」

「冒険者ギルドの登録には、俺がついていこう」

「大丈夫！　一人でできる！」「わふ～」

「そうか？　いや心配だなぁ」

「大丈夫！」「わふ！」

その日、ミナトとジルベルトは宿坊に付属しているお風呂に入った。

タロは大きすぎて風呂に入れなかったので、ミナトが水魔法で綺麗にしたのだった。

「わー布団だ！」「わっふわっふ」

風呂を上がると板の間に布団が敷かれていた。

大きめの布団を四枚並べて、タロも布団の上で寝られるようにしてくれていた。

「誰が敷いてくれたの？」

「そりゃあ、神官だな。タロ様のお世話ができると聞いて皆喜んでいたそうだ」

特に信仰心が篤く信頼の厚い神官数名だけにタロが神獣だと明かされている。

彼らはタロの世話係に任命され、感動して涙を流していたらしい。

「布団ひさしぶりだねーふかふかだー」「わふわふ～」

よく干された布団はふかふかで、いい匂いがした。

ミナトはタロと一緒に布団の上に横たわる。

「きもちいいねー」「わふぅ～」

「ベッドじゃなくてすまんな」

「ベッドじゃないほうがいいよ～。その方がタロとくっついて寝られるし」

「わふわふ～」

「ね、タロ～」「わふ～」

布団の上で、ミナトはタロにぎゅっと抱き着いている。

「そうか。タロ様も寛げるベッドも用意できるぞ？　言っておこうか？」

ジルベルトの言葉に返事はなかった。

「む？」

もうミナトは布団で眠っていた。

そんなミナトに寄り添うようにして、タロも横になって眠っている。

「なんとまあ、幸せそうな寝顔だ。……よほど疲れていたんだな」

「ぴぃ？」

「ミナトは小さいのに苦労しているんだなぁ。お前も苦労してそうだな？　ピッピ」

「ぴぃ……」

「フェニックスは王室の守護獣だし、ピッピは王宮で生まれたのか？」

「ぴぃ～」

ジルベルトは優しい目でミナトたちを見つめながら、ピッピのことを撫でた。

◇◇◇◇

ミナトたちが王都ファラルドに入る一日前。

王都の外周のさらに外。郊外にある大きな屋敷で、呪神の信徒の会議が開かれていた。

「メルデ湖の呪いが解かれたというのは本当なのか？　使徒様の施された呪いだぞ？」

「ああ、どうやらそうらしい」

「バカな！　聖女ですら解くのは難しいという話だったではないか！」

「だから、聖女を湖に行かせるなといったというに……」

「はあ？　聖女を亡き者にするいい機会だといったのはお前だろうが！」

声を荒げ、ののしりあいに発展した会議の場に、よく通る声が響いた。

「過ぎたことは、どうでもよろしい」

声を発したのは三十代ぐらいに見える男だ。

その男が口を開いた途端、信徒たちは一斉に黙り、頭を下げる。

「湖から呪われた水を流す計画がとん挫しても、我らの計画はそれだけではあるまい」

「まこと、その通りでございます」

「多少遅れようと、計画自体には何の問題もない。そうであろう？」

「ドミニク殿下、いえ、導師の仰せの通りにございます」

信徒の答えにドミニクと呼ばれた男は、満足そうにうなずいた。

呪神の教団のヒエラルキーは単純だ。

神の代理人たる使徒をトップにして、導師、幹部信徒、平信徒という階層となっている。

ドミニクは王の甥にして、ファラルド国内における呪神教団のトップである導師だった。

「聖女は我らが思っていたよりも成長していたのかもしれぬ」

「殺しますか？」

「機会があればな。だが、あえて動いて隙を見せるのも面白くない」

ドミニクはにやりと笑って言う。

「王都に瘴気をばらまく準備が整った」

「おお！」

「これから急激に病魔がこのファラルドに蔓延する」

メルデ湖を浄化して疫病を防ぎ、聖女の人気が上昇したばかりだ。

その直後に疫病が蔓延すれば、聖女にだまされたと民は思うだろう。

そして、そのころには聖女は病魔に冒された人々を癒すのにかかりきりになるだろう。

「とてもではないが、回復は追いつくまい」

得た信望が反転し、聖女は憎しみの対象となりうる。

「ですが導師がおっしゃったように聖女の成長は想定を超えているやも」

「それでもよい。まだ奥の手はある」

それを聞いた信徒たちは口々に「さすが導師」とほめそやす。

「王都が、そしてこの国が我らのものになるときは近い」

王都ファラルドは呪神の支配する土地になるだろう。

呪神の支配する地において、絶対的な貴族になる。それが彼ら幹部信徒の望みだった。

「我らの栄光ある未来に」

「呪神と使徒様、そしてドミニク導師に乾杯」

呪神の信徒たちは、勝利を確信し早くも祝杯を挙げた。


信徒たちが解散した後、ドミニクは屋敷の地下へとやって来た。

そこには信徒たちも知らない、導師であるドミニクだけが知る「奥の手」があった。

その「奥の手」は呪神の使徒が、導師ドミニクに託したものだ。

「……グギギギギギ」

「まだ粘っているのか」

使徒が託した「奥の手」は赤くて小さな竜だ。

竜の頭には黒い金属光沢をもつスライムのような呪者が取り付いている。

そしてその竜の横には、ピッピより二回りは大きいフェニックスがいた。

「フェニックス。もう少しかかりそうか？」

「……ピピ」

「なにを言っているかわからんな。七日以内にできるか？　二週間以内には？」

ドミニクは「はい」か「いいえ」で答えられる問いを投げかける。

「……ピ」

「そうか。二週間以内にはいけるか……もっと急がせろ」

「ピ」

ドミニクと呼ばれた男はフェニックスに命令すると、赤い竜を見る。

「幼体とは言え最強の聖獣である古竜を支配できれば……」

この国どころか、世界を呪いで覆える。

メルデ湖の呪いも、これから実行する病魔をばらまく作戦も、すべては時間稼ぎだ。

「そうなれば、この世界が変わる！」

ドミニクは恍惚の表情でつぶやく。

信徒たちは、呪神の世界における支配層になるのが目的の者が多い。

だが、導師となれる者は、呪神の支配する世界そのものを目的としている者だけだ。

加えて、呪神の魔法との適合度の高さも求められる。

呪神の導師は、強力な魔導師でもあるのだ。

「……それにしても使徒様とは恐ろしいものだ」

強力なメルデ湖の精霊を呪い、古竜の幼体を盗み出しただけではない。

古竜の幼体の精神を支配するための特別な呪者をも用意してくれた。

そして、精神支配済みのフェニックスまで貸してくれた。

「それだけ私は期待されているということであろうな」

ドミニクは、満足げにうなずいた。

呪神の使徒から自分は期待されている。そして呪神の使徒は呪神の代理人だ。

つまり神は自分に期待しておられる。

それがドミニクの自尊心を満足させた。

「……神の世界を。奪われた王位はそのついでに取り戻せばよい」

そうドミニクはつぶやいた。


ドミニクは天才だった。魔法も格闘も剣技も学問も、やればやるだけ伸びた。

神童と呼ばれ、将来の王として嘱望された。

だが、心根が王にふさわしくなかった。

遊びで動物を殺し、侍女や侍従、貴族の子弟に暴力をふるい、苛め抜いた。

父である先代の王がいくらたしなめても行動が治ることがなかったのだ。

父王が急逝したとき、ドミニクは自分が王になるときが来たと考えた。

だが、遺言により即位したのは叔父であるリチャード。

「簒奪者が……今のうちに玉座の感触を楽しむがよい」

王位を取り戻したらどうしてやろうか。

簒奪者リチャードは、簡単には殺さぬ。目の前でその子たちを拷問してやろうか。

リチャードの幼い子を魔物に少しずつ食わせるのはどうだろう。

リチャード本人に無理やり食わせるのも楽しそうだ。

ドミニクは残虐な想像をして、幸せそうに微笑んだ。

◇◇◇◇

王都ファラルドに来た次の日、ミナトとタロは一緒に冒険者ギルドに向かった。

「登録は簡単らしいよ！」

王都に来る途中、ミナトはジルベルトにやり方を聞いていたのだ。

「タロも従魔登録しないとね」

「わふ～」

「ピッピはしたくないみたいだけど」

ミナトははるか上空を飛ぶピッピを見る。

ピッピは従魔登録しなくていいと言って、空を飛んでいるのだ。

「あ、パンが売ってる！　中身なんだろー」

あんこだったらうれしいけど、あんこはこの世界にあるのかな？　とミナトは思った。

「わふ!?」

タロは中身はあんこだと信じていた。

「食べたいの？　でもお金ないから、我慢だよ」

「わふ……」

そんなことを話しながら歩いているミナトたちの十メートルぐらい後ろ。

粗末な服を着た老人と若いエルフがこっそりつけてきていた。

「……ミナト様、タロ様、なんと不憫な。パンならこの爺が何個でも買ってあげますのに」

「……ついてこないでくださいよ。足手まといです」

それは神殿長とサーニャだった。

一人で冒険者登録に行くといったミナトが心配で、サーニャはこっそり見守ることにしたのだ。

初めてのお使いに向かう幼児を見守る保護者の心境だ。

そんなサーニャに神殿長が強引についてきていた。

「足手まといとかいうでない、傷つくではないか」

「はぁ、めんどくさいなぁ。この爺さん、まいちゃおうかな」

「それは、やめてくれ」

真剣な表情の神殿長をみて、サーニャはため息をついた。

神殿長は若いころ、サーニャの故郷に蔓延した疫病を癒したことがある。

だからサーニャは、基本的に神殿長に頭が上がらないのだ。


一方そのころ、冒険者ギルドでは、変装したジルベルトが冒険者たちに叫んでいた。

「おい、お前ら、わかってるな！」

「わかってるって。ジルベルト。ミナトって子をいじめるなっていうんだろ」

変装はやがて来るミナトを欺くため。

冒険者たちも職員たちもみなジルベルトだとわかっている。

「そうだ。ミナトはとてもいい子なんだ。いじめたら俺が容赦しないから肝に銘じておけ！」

「わかってるって」

「というか、そのミナトってのは誰なんだ？　ジルベルトと何の関係がある？」

「……それは、……いえない」

急に口ごもるジルベルトを見て、冒険者とギルド職員たちは（隠し子か……）と思った。

ジルベルトはけして遊び人ではない。むしろ女性関係は固いぐらいだ。

だが、女性に非常にもてるし、男女関係なくみんなに気さくなので、軽薄だと思われがちなのだ。

「そうか……お前も大変だな」「聖女様にばれたら殺されるもんな」

「何の話だ？」

「お前も男だもんな。そういうこともある」「不潔っ！　幻滅しました！」

男たちは生暖かい目で、女たちは蔑みの目でジルベルトを見る。

「だからなんの話だ？」

みんな、ジルベルトが聖女といい感じの関係だと思っている。

だが、相手は聖女だ。

聖女に処女性は必須ではないのだが、そう簡単に聖女に手を出すわけにはいかない。

だからきっと、若い欲望を抑えきれず、どこかの女に手を出したのだと誤解した。

「伯爵公子も大変だなぁ」

そのうえ、ジルベルトは伯爵の息子だった。

しかも祖父の前伯爵は剣聖なうえ、その祖父より剣の才能は上だといわれているのだ。

将来的にジルベルトは剣聖になると目されている。

「才能あるいいところのお坊ちゃんは、いろいろ大変だもんな」

貴族は後継者争いとかいろいろ大変なのだと、冒険者たちも知っている。

剣聖は王の剣術指南役を務めるのが習わしだ。

つまり王の師になるのだ。権威と権力は相当なものだ。

聖女との関係。そして家柄の関係。

いろいろあって、子供として認めるわけにはいかないのだろう。

そう冒険者たちと冒険者ギルドの職員全員が誤解したころ、

「こんにちは！」「ばうばう～～」

ミナトとタロが冒険者ギルドの扉を元気に開いて現れた。


冒険者たちはタロを見て「でかすぎるだろ」と思った。

ジルベルトは大きな犬と言っていたが、大きいとかそういうレベルではない。

馬ぐらいある。もはや犬かどうかも疑わしいレベルだ。

そして、ミナトはすごくかわいい男の子だった。

全員が「ジルベルトに似てない、いや似てるのか？　目元とか」みたいなことを思っている。

ジルベルトはすごくハンサムだし、その子の容姿が恵まれてもおかしくないな。

そんなことを考えながら、全員がこっそりとミナトたちの様子をうかがう。

「ここが冒険者ギルドかー」「わふ～」

きょろきょろしながら、ミナトとタロは建物の奥へと入っていく。

初めての冒険者ギルドに、わくわくが止まらない。

ミナトとタロのテンションはとても高かった。

「すごいねー。掲示板がある。あれに依頼がのってるんだって！　ジルベルトがいってた！」

「わふわふ！…………わふ？」

「しーっ」

ジルベルトは変装しているが、タロは匂いですぐに気づいた。

ジルベルトは、気づかなかったふりをしろとタロに向かってジェスチャーするが、

「ジルベルト、なにしてるの？」

ミナトは【索敵Lv42】の効果ですぐに気づいた。

ちなみにミナトはサーニャたちの尾行にも気づいていたが、偶然だと思ってスルーしていた。

「お、ミナト、奇遇だな。ちょっと、用事があってだな」

「そっかー。ジルベルトも忙しそうだもんね！　用事は終わったの？」

「ああ、終わったところだ」

変装を見破られたら、去るしかない。

未練がましく何度も「大丈夫か？」と言いながらジルベルトは去っていく。

「また、あとでねー」「ばうばう～」


ジルベルトを見送った後、ミナトとタロは受付に向かう。

「冒険者になりに来ました！」「ばう！」

「あ、はい。その……動物は？」

ギルド受付の青年は戸惑った様子であまりに大きなタロを見る。

「タロは犬です！　従魔登録をしに来ました！」「ばうばう！」

「い……ぬ……？」

「可愛い犬です！」

ミナトは堂々と犬だと宣言し、

「きゅ～ん」

タロは撫でてと言わんばかりに甘えた声を出しながら、受付に頭を差し出す。

「撫でてだって！」「きゅぅ～ん」

「……そんな、まるで犬みたいな」

「犬です！」「ぴぃ～」

受付の青年は犬かもしれないと思い始めた。

おずおずと手を出してタロの頭を撫でた。大きいのにもふもふだ。

「大きいのに犬っぽい……」

「犬です！」「はっはっ！」

タロは嬉しそうに尻尾をぶんぶん振っている。

「……かわいい」

青年も撫でることでタロの可愛さを理解した。

だが、これほど大きな魔獣の犬を幼子の従魔として登録していいものか。

従魔登録というのはギルドが、その冒険者に管理責任を任せるということなのだ。

もし、タロが暴れたら、この幼子は止められるのだろうか。

「えっと……」

判断に困って、受付の青年は後ろを振り返る。

上司は無言でうんうんとうなずいていた。

上司は「ジルベルトを怒らせても面倒だしいいから手続きしてやれ」と考えていた。

ジルベルトは信用が厚い。実家が伯爵家だし、なにより聖女の従者筆頭である。

もし何か問題が起こっても、神殿と伯爵家がフォローしてくれるだろう。

「かしこまりました。ミナトさんの新規登録と魔獣の犬一頭の従魔登録ですね」

「はい！」「わふぅ！」

「文字は書けますか」

「かけます！」「ぁぅ……」

タロがしょんぼりした様子になって、尻尾の揺れが止まった。

「あ！　タロは書けません！　僕がタロの分も書きます！　いいですか！」「わぅ！」

タロは感激した様子でミナトを見る。

「あ、はい。従魔は書かなくていいんですよ。こちらの書類に記入してくださいね」

「はい！」「はっはっはっ」

鼻息の荒いタロに見守られながら、ミナトは記入していく。

ミナトは、サラキアによって、会話と読み書き能力は与えられているのだ。

「ミナト、おとこ、年は……五歳……出身？　森？　あ、メルデ湖にしとこ」

降臨した森の名前がわからなかったので、出身地を森の近くのメルデ湖にする。

「特技はなにを書けばいいのかな？　あしがはやい？」

「特技欄には魔法を使えたら魔法の属性を。得意な武器等があれば、それを」

「ありがと！」

受付の青年に教えてもらいながら、ミナトは書いていく。

「火魔法と水魔法……あとはナイフと神像作りかな！」

「おお、二属性も。さすがです」

ナイフはともかく神像作りって何だと思いながら、受付はそういった。

冒険者たちも職員たちも五歳で二属性魔法を使えるとは、才能がすごいなと感心していた。

「さすがはジルベルトの子……」

「いや、ジルベルトの子なら、剣じゃないのか？」

「母親が魔法使いなんだろ……」

冒険者たちはそんなことをボソボソ噂している。

「従魔はタロ、犬。特徴……つよい？」

「わふぅ～」

タロは誇らしげに尻尾を振っている。

「はい！　書けました！」

「お疲れ様でした」

受付の青年は笑顔で書類を受け取る。

説明して書かせている間に、青年はミナトとタロが好きになっていた。

なぜなら、けなげな感じがして可愛いからである。

ミナトは踏み台に乗り背伸びしながら、一生懸命記入している姿が可愛かった。

それを見ながら尻尾を振っているタロも可愛かったのだ。

「カードを作りますので、椅子に掛けて少しお待ちください」

「はい！」「わふ！」

ミナトは椅子に座り、その横にタロがお座りする。

「……ピッピ、さみしがってないかな」

「わふ～」

今、ピッピは上空を飛んでいるはずだ。

手続きが全部終わったら、撫でてあげようとミナトは思った。

「ミナトさん、カードができました」

「はい！」「わふ！」

受付に向かうと白色のカードが作られていた。

「念のために、名前や年齢に誤りがないか確認してくださいね」

「おおー白い！」「わぁぅ〜」

「Fランク冒険者のカードは白です。冒険者にはランクがあって……」

受付の青年は丁寧に説明してくれる。

一年目のFランクは白いカードだが、二年目のEランクになると黒になる。

一人前と認められてDになれば銅のカードになり、ベテランのCは銀のカードだ。

ベテランの中でも精鋭のBは金のカードになる。

「あれ？　ジルベルトのカードは銀色だったよ？」「わふ〜」

「ああ、ジルベルトさんはAランク。白金です。銀より白っぽいんですよ」

「そなんだー」「わふ〜」

「ちなみにAの上、Sランクになると透明、クリスタルカードになります」

「透明！　かっこいい！」「わわふ〜」

ミナトは透明カードは欲しいなぁと思った。

「さて、ミナトさん、タロ。あとはカードにステータスを記録します」

「はい！」「わふ！」

そういって、受付の青年は魔道具を取り出してカードをセットする。

「この魔道具で能力検査をします」

「能力検査!?」「わふ～」

ミナトとタロが、同時にびっくりするのが、また可愛い。

それは受付の青年だけでなく、職員や冒険者たちも同じ気持ちになっていた。

「この魔道具に手を触れれば、ステータスが記録されるのです」

「す、すごい」「わ、わふ～」

「ミナトさんはこちらに触れてください」

「はい！」

「タロはこっちに肉球を置いてくださいね」

「わふ～！」

ミナトとタロは職員の指示通りに手を置いた。

すると「ジー」という音がして、カードが光った。

「これで記録されたの？」

「はい。カード内部にデータとして記録されています」

「すごい！」「わふ」

「カード自体、魔道具ですから」

そういいながら、受付の青年は、能力を検査した魔道具を指さして説明を開始する。

「各地のギルドにあるこの魔道具でカードを読み取ると、ステータスが表示されます」

「ほほー」「わふ～」

「ステータス自体はプライバシーではあるのですが――」

ギルドとしては冒険者のステータスを把握していないと、適した仕事を斡旋できない。

だから、初回はかならずステータスを確認しなければならないのだという。

「なるほどー」「わふわふ～」

「二回目以降は強くなったと思ったときに登録しなおしてくださいね」

強くなったステータスを登録しなおせば、より難易度の高い任務を受けられるようになる。

「実績に加えて、ステータスも、ランク上昇審査の際には加味されますから」

「わかりました！」「わふ！」

「それではステータスを表示して、ギルドのデータベースに記録しますね」

「はい！」「わぅ」

受付の青年が魔道具に紙をセットして操作すると、ステータスが書き込まれていく。

「おお、ミナトさんなかなかですよ。タロさんは……本当に犬ですか？」

「そうなの？」「わふ？」

受付の青年はその紙をミナトとタロに見せてくれた。

「むむ？」「わふ？」

ミナトの能力値は大体10前後。タロの能力値は大体80程度だった。

五歳の平均値が5であることを考えれば、すごく高い。

だが、一般成人男性の平均値が20前後のことを考えれば、規格外に強いわけではない。

タロの80も熟練冒険者の平均値60と一流冒険者の１００の間。

かなり強力だが、ベテランパーティならば、討伐できる水準だ。

スキルもミナトは【火魔法Lv５】と【水魔法Lv５】だけ。

タロのスキルは【大きな体Lv30】のみだ。

「そっかー」「わふ～……」

だいぶ強くなったと思ったが、やはりそんなに強くなかったらしい。

きっとサラキアの書の数値の基準と、一般的な基準が違うのだろう。

すこしミナトとタロはがっかりした。

「ミナトさんは五歳ですから、すぐ強くなりますよ！」

それから受付の青年は、他の冒険者に聞かれないようミナトの耳元で小さな声でささやいた。

「それに魔法のLv５はすごいですよ」

「ほんと？」

「ほんとです！」

「えへへ！」「わふわふ！」

ミナトとタロはたちまち元気を取り戻したのだった。


冒険者登録を済ませると、早速ミナトとタロは下水道掃除の依頼を探す。

「下水道、下水道……」「わふわふ」

「お、坊主。早速仕事か？」

そんなミナトとタロに冒険者の一人が話しかける。

「うん！　お金稼いで甘いパンを買うの」

「わふわふ！」

「ね、甘いパン、買うんだもんね」

「わふ～」

楽しそうなミナトに、冒険者たちは庇護欲を刺激された。

「甘いパンならおじさんが……」

奢ってやろうといいかけた冒険者が、止められる。

「おい、初めての冒険なんだ、邪魔するな」

小声でたしなめた後、その冒険者は尋ねる。

「どんな仕事を受けようと考えているんだい？」

「えっとね、下水道掃除の仕事を探しているんだー」「わふ～」

「下水道か。確かに初心者には向いているかもな」

「だが、臭いぞ?」

「大丈夫!」「わふわふ!」

可愛いミナトをほっとけなくなった冒険者たちがいろいろ教えてくれる。

「清掃道具なら、ギルドで貸してもらえるからな」

「下水道掃除なら、これとかがいいんじゃないか?」

「ありがとー」「わふわふ!」

先輩冒険者たちに教えてもらい、ミナトは下水道掃除の仕事を無事受注したのだった。


「みんな、ありがとねー」「わふわふ~」

「おう、気をつけてな!」「無理はするなよ!」

冒険者たちに見送られ、ミナトは下水道へと歩いていく。

上空を見れば、ものすごく小さく見えるピッピが、ゆっくりと旋回している。

下水道へと歩く途中、ミナトがつぶやいた。

「強くなったつもりだったけど、全然だったねぇ」

「わふわふぅ」

「ん? 一応確認してみる?」

ミナトは立ち止まってサラキアの書を開いた。

【ステータス隠蔽】

ギルド等でうけるステータス検査の際、ミナトとタロの数値は自動的に改ざんされるよ！

改ざんされた数値は五歳児や大きな犬でも不自然ではない程度になるよ。

真の数字を明らかにしたいときは、そう願いながら検査を受ける必要があるよ。
※ステータスの開示は慎重に！

「なるほど～そうだったのか」

どうやらサラキアがミナトたちのことを心配してそういう機能をつけてくれたらしい。

「ありがと、サラキア様」「わふわふ」

ミナトとタロはサラキアに感謝の祈りを捧げた。


そんなミナトとタロを遠くから見守る者がいた。

「あり……がと？　って言ったのかしら？　何をやっているのかしら」

「神に祈りでも捧げているんでしょう」

「音声をもっと明瞭に聞こえるようにできないかしら？」

「無茶言わないでくださいよ」

それは聖女アニエスと、魔導師マルセルだった。

アニエスには至高神の神殿を離れるわけにはいかない用事があった。

だから、神殿の高い塔に登って、遠眼鏡《とおめがね》を使ってミナトとタロの様子を見守っていたのだ。

マルセルが呼び出されたのは会話も聞きたいとアニエスがわがままを言ったからだ。

本当はマルセルはミナトとタロを尾行するつもりだったのだ。

「これだけ遠く離れた場所の音を拾う魔法は難しいんですよ？」

「ありがとう、マルセル。恩に着るわ」

「はいはい。あ、下水道の入り口についたみたいですね」

「……心配だわ。下水道でヘドロまみれになったり、スライムまみれになったり……」

「大丈夫でしょう」

ミナトとタロはとても強い。それに幼くてもたくましい。

「それに……」

マルセルは聖女に適当に答えながら、ミナトを近くで見守るサーニャと神殿長を見た。

彼らがいるから、何かあっても大丈夫だろう。

もっとも神殿長が神殿を抜け出したから、アニエスは留守番を強いられているのだが。

「ジルベルトとヘクトルも……いますね」

ジルベルトと老神殿騎士ヘクトルは別行動しているのだが、やっていることは同じだ。

二人ともサーニャより近くから見守っている。

素人の神殿長と行動を共にしているサーニャは、気づかれそうで思うように近づけないのだ。

みんなに見守られながら、下水道の入り口についたミナトのもとにピッピが降りてくる。

「ピッピ、ついてきてくれるの？」

「ぴぃ～」

下水道への入り口は街はずれの人がほとんどいない場所にあった。

「ふむ～。この大きさだとタロは入れないね？」

「わふっ!?」

下水道出入り口の扉は幅一メートル高さ二・五メートルの長方形だ。

扉に続く通路の幅と高さも扉と同じ。

巨大なタロが、無理やり入っても、自由に動くことができないだろう。

「きゅーんきゅーん」

タロは「入れるよ」と主張する。

「だめ。逆に危ない」

「きゅーん」

狭い場所にぎゅうぎゅうになって、入っても途中で引っかかるかもしれない。

それに、タロが暴れたら下水道自体が壊れかねない。

「タロ。ここでお留守番ね」

「……きゅーん」

「お留守番できる？　さみしくない？」

「きゅーん」

タロは仰向けになって体をくねくねさせながら「留守番できない」といって鳴いている。

「タロ、我慢して」

「きゅ……」

「タロ、知らない人についていったらだめだよ？」

「ぴぃ～、わふ」

「ダメ。お菓子くれるって言われてもだめだよ？」

「ぴぃぃぁぅぁぅ」

ミナトはタロを撫でながら言い聞かせる。

「帰ってきて、お金もらったらパン、買ってあげるからね」

「わふぅ～」

しばらく撫でて、タロを落ち着かせてから、

「じゃあ、タロ、いい子で待っててね」

「……わふ」

ミナトとピッピは下水道の中へと入っていった。

その様子を見ていた、神殿長がサーニャに言う。

「下水道に幼子が一人で入るなど……危険ではないのか？」

「うるさいな……もともと下水道掃除は子供が一人でもできる仕事だって」

下水道の中までついていこうか悩みながら、サーニャは答える。

「そうなのか……心配だな。あんな任務受けなくてもいいように、私がお小遣いを……」

「ミナトは断ると思うよ」

「なぜだ！　子供はお小遣いをもらうものであろう」

サーニャは「はぁっ」と溜息を吐く。

「ミナトは自立心が強いんだよ」

旅している間、ミナトは自分のことは自分でしようとしていた。

それだけでなく、タロとピッピのお世話も自分でしていたのだ。

「五歳児は、大人に保護されるべきであろう」

「それは、そうなんだけどね……」

「ぐぬぬ……あ、そうだ！　ミナト様は神像と特別なザクロ石をもっているのだったな」

昨日のうちに聖女一行は神殿長に報告をすませてある。

その報告の中には、お守りとして効果の高い神像とザクロ石のことも書かれていた。

「それを売ってもらおう。そうすれば我々も助かる。ミナト様とタロ様も助かる、だろう？」

「…………それはいいかもしれないね」

サーニャは「たまにはいいこと言うじゃないか」と思いながら同意した。

サーニャたち聖女一行もミナトとタロにどうやってお小遣いを渡そうか悩んでいたのだ。


ミナトはピッピと一緒に下水道入り口から中へと入っていく。

入り口からしばらくは幅一メートル高さ二・五メートルの下りの階段が続いている。

「きゅーん」

「大丈夫だよ！　ちゃんと留守番しててね！」

入り口から心配そうにのぞき込むタロに手を振って、ミナトは階段を下りていった。

階段を下りきると、下水道に出る。

下は幅五メートル高さ四メートルほどの空間になっていた。

壁も天井も床もきっちりと五十センチ四方の石が組み合わされて作られている。

床の中央には、幅一メートル、深さ十センチ程度下水が流れていた。

下水の流れ道には等間隔で柵があり、ごみがひっかかっている。

「臭いね！」「ぴっぴぃ～」

ミナトはギルドで借りたごみを入れるためのかごを背負っている。

右手には大きなデッキブラシを、左手には火ばさみを持っていた。

かごにはランタンがついており、周囲をオレンジ色の光が照らしている。

「なんかね、詰まらないように柵にひっかかってるごみを回収するんだって」

ギルドにいなかったピッピに、ミナトは依頼について説明する。

「あとはデッキブラシで下水の底をきれいに磨くの」

「ぴぃ？」

「詰まってないのが普通らしいよ。完全に詰まったら専門業者の出番らしいし」

子供がやるのは詰まる前。詰まらないようにするのが仕事なのだ。

「ぴぃ～」

「そだね、スライムがいたらいいね」

下水を綺麗にするのはあくまでもついで。メインの目的はスライムの聖獣を見つけることだ。

だが、ミナトは根が真面目なので、しっかり仕事もこなす。

「よいしょ、よいしょ……」

火ばさみでごみをとり、デッキブラシで下水道の底を磨く。

「すごい汚れだねー。すごく臭いし。まるで瘴気の中にいるみたい！　というかこれ瘴気？」

「ぴぃ～」

「あー、そうかも。メルデ湖から呪いに汚染された水が流れてきてたもんね！」

今現在、メルデ湖は綺麗になり、精霊メルデが清浄な水を流している。

おかげで王都に流れている水は浄化されてはいる。

清浄な水を飲んだ病気の者たちも急激に回復し、治療を担っていた神殿も暇になっているほどだ。

「でも、上水は綺麗になっても、下水道にはまだ汚染された水が残っていたのかも？」

「ぴぃ～」

上水として使われた水が下水道に流れてくるから、綺麗になるのも遅れるのかもしれない。

だから、下水道自体が瘴気っぽいんだと考えてミナトは納得した。

ミナトやピッピにとっては、瘴気は問題ない。

だが、他の子供が下水道清掃のために入ったら、体に悪いだろう。

あとで瘴気もまとめて払っておこうと、ミナトは考えた。

「よおし！　頑張って掃除しないとね！」

そういって、下水の中に入って、デッキブラシで底をごしごししていると、

「ぴぃ？」

ピッピが「水魔法使わないの？」と尋ねてくる。

「ん？　むむ？　たしかに……その方が早そう」

ミナトは素直で真面目なので、ギルド職員に教えられた方法で清掃しようとしていた。

「でも、綺麗になるなら、やり方は自由でいいかも！」

「ぴぃ～～ぴぃぃ」

「いくよ～」

ミナトは下水で渦を作る。高速で激しい水流を作り出し、汚れをとるのだ。

「こうすれば、デッキブラシを使わなくていい！」

「ぴぃぴぃ！」

「ふふふ。でもピッピが水魔法を使えばいいって教えてくれたからだよ！」

ピッピに「こんな魔法を使えるなんて天才だ！」とほめられて、ミナトは機嫌を良くした。

「魔法ならこんなこともできる！」

水魔法で、下水の渦を作りながら、水を綺麗にしていく。

湖の精霊メルデに教えてもらった体を綺麗にする魔法の応用である。

神聖魔法で消毒し、ついでに瘴気を払っていく。

固形物のごみは水から分離して、かごの中に放り込む。

「うおおおおお！」「ぴぃいいい！」

下水の激しい渦とともにミナトは走り回りながら、綺麗にしていった。

「どんどんいこー！」

「ぴぃ～？」

「たしかにスライムいないね。マルセルは下水道に沢山いるって言ってたのに……」

「ぴぴ！」

「ん、そだね、ピッピはスライムを探してきて。僕も清掃しながら探ってみるね」

ピッピは下水道内を素早く飛び回り、スライムがいないか探し始める。

ミナトは水魔法で下水を掃除し瘴気を払いながら【索敵Lv42】のスキルで周囲を探る。

十分ほど、そうしながら走り回っていると、

「むむ〜む？　む？」

ミナトはおよそ百メートル先の壁の向こうに空間があり、何かがいることに気づいた。

「ピッピ！　この壁の向こうに生き物がいるっぽい！」

「ぴぃ〜〜？」

ミナトが大声で呼びかけると、ずっと先を飛んでいたピッピが戻ってくる。

「ぴい？」

ピッピは何も感じていないようだ。

壁の石はしっかりとしており、穴が開いているわけではない。

「ん？　この石、接着されてない。つまりこれを引き抜けば……ん――しょっと」

ミナトは漆喰で固定されていない石を見つけて、引き抜いた。

五十立方センチの大きな重たい石だ。

だがミナトには【剛力Lv35】で得た怪力があるので、なんてことはなかった。

「うわぁ！　すごく臭い！」「ぴぴぃ〜」

開いた壁から、濃密な瘴気が漂ってくる。

「ぴぎっ！」

「あ、スライムだ！」「ぴぃ〜〜」

壁の向こうの部屋の中にカラフルなスライムが沢山いた。

「よいしょっと……」「ぴぃぴぃ」

ミナトとピッピは石を引き抜いてできた穴をくぐって、瘴気漂う部屋の中に入る。

大人ならくぐるのも大変だろうが、ミナトは小さいので楽にくぐることができた。

「ぴぎっぴぎっ」「ぴぎっ」

部屋の中にいた二十匹のスライムが、おびえた様子で跳ね回る。

強さは様々だが、二十匹全員が聖獣のスライムだった。

「大丈夫！　みんな落ち着いて！　落ち着いて！　大丈夫だから。僕は使徒だから！」

ミナトはパニックになっている聖獣スライムたちに話しかけて落ち着かせた。

「落ち着いた？」

「ぴぎ〜」「ぴぎっ」「ぴぃ〜〜ぎ」

一分後、ミナトがサラキアの使徒だと分かって、スライムたちは落ち着いたようだ。

スライムたちは、口々に呪者がやってきたと思ってパニックになったのだと言っている。

「驚かせてごめんね」

「ぴぎぃ〜」

スライムたちのリーダーがミナトの前に出る。

そのスライムは綺麗な空色でサッカーボールぐらいの大きさだ。

「みんなで集まって何してたの？」

スライムは下水道の有機物を食べるという。

ならば、まとまらずにバラバラにいるのが自然である。こんなに固まっているのは不自然だ。

「ぴぎぎぃ〜〜」

スライムは瘴気が濃い部屋があるから、何とかしようと集まっていたらしかった。

「むむ？　確かにここは他より瘴気が濃いけど……」

瘴気が、たまたま溜まっただけではなかろうか。そうミナトには思えた。

「ぴぎぴぎ〜」

だが、スライムたちは「きっとこの辺りに呪者がいるに違いない」と思ったらしい。

だから、聖獣として何とかしようとしたが、どうにもできなかった。

聖獣は基本的に解呪も瘴気を払うこともできないのだ。

「聖獣は呪者と戦うのが役目だもんね」

「ぴぎ〜」「ぴぎ」

スライムたちは「何とかして？　使徒様」とミナトを期待のこもった眼で見つめている。

「まかせて。瘴気を払うのは得意なんだ！　はあああああ！」

ミナトは溜まりに溜まった瘴気を一瞬で払った。

「ぴぎぃ！　ぴぎぴぎっぴぎぃぃぃ！」「ぴぎぴぎっ」「ぴぃぎぃ〜〜」

スライムたちは「すごいすごい使徒様すごい！」と感動してくれている。

「そんな、そんなことないよ〜」

ミナトは褒められて、すごく照れた。

「む？　なんだこれ？」

床には、ミナトの手のひら程度の大きさのヘドロのようなものがへばりついている。

デッキブラシの柄で突っついてみるとすごく固い。

「ばっちい。これもきれいにしとこ」

水魔法を使って、除去しようとしたが、固すぎてどうにもならない。

「むう……こういうときは……」

サラキアのナイフでこびりついたものを綺麗にする。

「これでよしっと」

使用後、魔法を使ってちゃんとサラキアのナイフを綺麗にするのも忘れない。


それから、綺麗になった部屋でミナトはスライムたちとお話する。

「多分だけど、メルデ湖が呪われたせいで――」

「ぴぎ？」

「多分、時間とともに瘴気も薄くなるとは思うんだ～」

ミナトは現状に対する見解をスライムたちに伝えた。

スライムたちは「なるほど～」と感心して聞いていた。

「スライムたち、契約する？　使徒と契約すると少しだけど瘴気を払えるようになるよ？」

「ぴぎ？」

「もちろんいいよ。僕もスライムたちの能力を使えるようになるし」

「ぴぃ～ぎぃ～」

スライムたちは「ぜひお願い！」と言いながら、ピョンピョン元気に跳ね回った。

「スライムたちは、つけてほしい名前とかある？」

「ぴぎ？」

「他のみんながどういう名前を付けたか知りたいの？　えっとねネズミとかは――」

ネズミ一号みたいな種族名＋番号のパターンとピッピのような名前を付けた場合がある。

それをミナトが伝えると、

「ぴぎっ」「ぴぃぎぃい～」「ぴぎぴぎ！」「ぴぃぃぎ！」

スライムたちは口々につけて欲しい名前をミナトに告げる。

「みんな番号がいいの？」

「ぴぎ！」

番号、具体的には号ってのがかっこいいらしい。

「ぴぃぎ！」

だが、スライムリーダーだけは「フルフル」という名前がいいという。

「フルフル？　いい名前だね！」

「ぴぃぎ～」

昔、下水道に迷い込んだ子供に、フルフルしているからフルフルと呼んでもらったらしい。

それがスライムリーダーの大切な思い出とのことだ。

「じゃあ、君はフルフル！」

「ぴぎ〜」

「君はスライム二号！　君はスライム三号」

「ぴぎ〜〜」「ぴぎっ」

そうして、ミナトはスライムたち二十四との契約を済ませたのだった。


契約後、スライムたちがミナトの周りに集まって言う。

「ぴぎ〜〜」

「一緒に瘴気を払ってほしいの？　もちろんいいよ！」

瘴気を払えるようになったとはいえ、スライムたちの瘴気払いのLvは一桁だ。

時間もかかるし、あまりに濃い瘴気は払えないだろう。

「こういう瘴気だまりみたいなのって沢山あるの？」

「ぴぎ！」

他にも無数にあるらしいが、全部見つけられているわけではないという。

「わかった、一緒に頑張ろうね！」

「ぴぎ〜〜」

それからミナトはスライムたちと一緒に、下水道を綺麗にして、瘴気を払いまくった。

「そうそう、スライム三号、上手上手。その調子！」

「ぴぎ～」

スライムたちも、一生懸命、瘴気を払ってくれていた。

下水道を走り回りながら、ミナトはフルフルに尋ねた。

「そういえば、フルフルたち以外の、普通のスライムってどうしたの？」

下水道にはスライムは大量にいるという話だった。

だが、二十四匹の聖獣スライム以外、まったく見かけない。

「ぴぎ……」

ついこの前まで千匹を超すスライムがいたと、フルフルは悲しそうにいう。

だが、メルデ湖から流れてきた呪いに耐えきれず聖獣以外のスライムは絶滅してしまったのだ。

「そっか、悲しいね」「ぴぃ……」

「ぴぎ！」

フルフルは「すぐに増えるから大丈夫」と明るく言った。

聖獣と聖獣からでも、普通のスライムは生まれてくるのだ。

そして、普通のスライムの増殖スピードはすごいらしい。

「ぴぃぃぎ！　ぴぎぴぎ」

「ネズミを超す速さで増えるの？　すごい」

「ぴぎ～」

フルフルは誇らしげだ。

悲しいからこそ無理に明るく振るまっているようにミナトには見えた。

「大丈夫だよ」

ミナトは立ち止まってフルフルを抱き上げる。

「僕が来たからね。安心して」

「ぴぎ……ぴぎぃぃぃ」

フルフルはぎゅっとミナトにへばりついて泣いた。

「ぴぎ？　ぴぎ〜〜」

フルフルが泣いていることに気づいたスライムたちがどんどん集まってくる。

みんなミナトにくっついて「ぴぎぴぎ」と泣いた。

「もう大丈夫だからね」

「ぴぎぃ〜」

ミナトはスライムたちを順番にぎゅっとして、優しく撫でた。

スライムたちはひんやりして、すべすべしている。

しばらくミナトに撫でられて、スライムたちは元気になった。


「ぴぎ〜！」

「そっちにもあるんだね！　まかせて！」

スライムたちに案内されて、ミナトは瘴気だまりを払っていく。

下水道を漂う薄い瘴気ならば、スライムたちでも払うことができる。

だが、瘴気だまりの濃い瘴気は、ミナトでないと払うのが難しいのだ。

ミナトは三つの瘴気だまりを払って、その道中の瘴気も払っていく。

「しつこい瘴気汚れだね」

「ぴぎぃ……」

まるで油汚れのようにミナトは言う。

払っても払っても、じわじわと染み出てくるのだ。

「瘴気だまりの数ってすごく多いのかも」

「ぴぎぃ～」

スライムたちも探しているのだが、なにせ下水道は広いので探しきれていなかった。

王都の拡張に伴い拡張し続けた下水道はまるで迷路のようになっている。

二十匹しかいないスライムたちでは、とてもじゃないが見つけきることができないのだ。

「ぴぎ！」

「そうだね、もうちょっと頑張ろうか！」

「ピイィイ！」

走り出そうとしたミナトをピッピが止める。

「え、もうそんな時間？　日が沈みそうな時間なの？」

「ぴぃ～」

ピッピはうんうんとうなずいた。あまり遅くなるとタロがさみしがる。

「ぴぎ〜」

スライムたちも、ミナトは子供だから暗くなる前に帰った方がいいという。

「うーん、そうだね」

どうやら瘴気汚れは、ミナトが考えていたよりしつこいらしい。

今日一日で終わらせられるなら、もう少し粘るところだが長期戦になりそうだ。

「じゃあ、また明日ね」

「ぴぎ〜」

瘴気がたまっている状況は王都のみんなにとっても良くないのだ。

払わないという選択肢はない。

「あ、そうだ。スライムたちも一緒に来る？　ご飯いっしょにたべよ」

清掃任務でお小遣いをもらえるのだ。

ミナトはそのお小遣いでスライムたちにご飯をごちそうしようと考えていた。

「ぴぎ〜」

「そっか、捜索を続けるの？　疲れない？」

「ぴぎぴぎっ」

「そっか、……うーん、そうだね。また明日来るからね」

「ぴぎ〜」

「じゃあ、また明日、ここでね！」

ミナトはスライムたち全員を撫でると、走り出した。

「ぴぴぃ～？」

「だいじょうぶ！　帰り道はわかるから」

広大で迷路のような下水道。そこをマッピングもせず適当に走り回ったのだ。

熟練の冒険者でも道に迷う状況だ。

だが、ミナトには鳩の聖獣の【帰巣本能Lv25】があるので、迷わない。

「タロ、さみしがってるよね。急がないと」

「ぴぃ～～」

ミナトは狼の聖獣の【走り続ける者Lv50】の能力で下水道を高速で駆け抜けた。

◇◇◇◇

ミナトが下水道に入った直後のこと。

「ぷしゅー」

タロは下水道の前で横たわって鼻から息を吐いていた。

当初、ミナトの匂いを嗅ごうと入り口に鼻を突っ込んでいたが、臭すぎてやめたのだ。

下水の悪臭は、鼻の良いタロには耐え難いレベルだった。

臭いだけならまだしも、臭すぎてミナトの匂いが全然しないのだ。

「…………」

タロは帰ってこないかなと入り口をのぞき込む。ミナトは帰ってこなかった。

一時間も経ったのにまだ帰ってこないとタロは思ったが、本当は五分しか経っていなかった。

「わふ？」

「タロ様。奇遇ね！」

そこにやってきたのは弓使いのサーニャだ。

「実は私も下水道に野暮用があったのよ」

ミナトが下水道で溺れたり、悪い人に何かされたりしないか心配で後を追うことにしたのだ。

「じゃあ、タロ、またあとで！」

「わふわふ～」

下水道に入っていったサーニャを見送った後もタロは一頭さみしく待った。

「おや、タロ様、奇遇だな」

「わふ～？」

一時間後、そこにやってきたのはジルベルトだ。

なぜかジルベルトはすごく大きな串焼き肉を片手に五本ずつ持っている。

王都名物の甘辛いたれをたっぷりかけたものではなく、味付けされていない串焼きだ。

「ちょっと付き合いで買いすぎちゃってな。一緒に食べてくれると助かるんだが」

「わふ！　わふ～～」

タロとジルベルトは並んで座って、串焼き肉を一緒に食べた。

「ミナトには内緒だぞ？」

「わふ！」

タロは「わかった」と返事をして、串焼き肉を十本中九本食べた。

串焼き肉を食べた後、ジルベルトは「じゃ、またあとで！」と言って去っていく。

それからもアニエスやマルセル、ヘクトルも「奇遇」と言いながら尋ねてきた。

みな「内緒ですよ？」と言いながら、おいしい食べ物を持ってきてくれるのだ。

「わふ～？」

とても素晴らしい奇遇もあるものだなぁとタロは思った。


みなが去り、一頭になるとミナトはお腹が空いてないだろうかと、タロはすごく心配になった。

もうミナトが下水道に入って何時間もたった。お腹が空いて倒れてたらどうしよう。

「きゅーん。ぴぃ～～」

「わふ！」

心配で泣いていると、下水道の入り口の奥からミナトの足音が聞こえてきた。

「タロ、ただいまー」

「わふ！　わふっわふっ！」

タロはミナトの服の匂いを嗅ぐ。下水の臭いが染みついていて、すごく臭い。

でも、ミナト自身はいい匂いだとタロは思った。

「下水で回収したごみを入れる箱はこれだね。よいしょっと」

あまりに大量のごみを回収したので、途中からかごに入りきらなくなった。

だから、サラキアの鞄に詰め込んでいた。

サラキアの鞄は魔法の鞄なので、汚れたものを突っ込んでも汚くならないのだ。

「タロ、おなかすいたでしょー。すぐにギルドでお金もらってパン買おうねー」

「わふ～」「ぴぃ～」

下水道から出ると、ピッピは夕暮れ空に飛び上がった。

「ピッピ、街中を歩きたくないみたいだね」

「わふ」

「きっと王室の象徴？　とかだから、捕まえられそうになったりするんじゃないかな？」

ピッピを捕まえて王室に売ったら儲かると考える人もいるのかもしれない。

そんなことを話しながら、ミナトとタロは冒険者ギルドに歩いて行った。

「今日はスライムたちと契約したんだー」

「わふわふ」

「あ、体を、綺麗にしとこ」

メルデに教えてもらった水魔法で全身を綺麗にして臭いを消すのも忘れない。

「わふ～」

「うまくなった？　えへへ。今日だけでもだいぶ使ったからねー」

冒険者ギルドに到着すると、ミナトは勢いよく扉を開く。

「こんばんは！」「わふわふ！」

元気に挨拶して、受付に行くと、

「下水道の掃除しました！」「わふわふ！」

「お疲れ様です。これが一日分の賃金です」

「やったー」「わふ～」

一日分の賃金は、二千ゴルド、大体二千円ぐらいの価値がある。

一日の労働分としては少ないが、それは子供のお小遣いだからだ。

もともと下水道清掃任務は、保護者のいない子供への福祉という意味が大きい。

だから仕事をきちんとできているかなどは、ほとんど気にされない。

仕事をせずにお金をもらう子供がいても構わないとギルドは考えているのだ。

そういう子供は下水道清掃がなければ、スリや窃盗に走るだろう。

そうなるよりは、ただで小銭を配った方がいいという発想だ。

「また、明日来るね！」「わふわふ！」

二千ゴルドを握りしめてギルドを出ると、パンを売っている屋台へと向かう。

「楽しみだねー」「わふ〜〜」

みんなが食べ物を分けてくれたタロと違い、ミナトは半日何も食べていなかった。

だから、とてもお腹が空いていた。タロも体が大きいのでお腹が空いていた。

「甘いパンかな？　惣菜パンかな？　なにもはいってないパンも美味しいけど」

「わふふ〜」

「あんぱんかー、こっちにもあんこあるかな？　あるといいね」

「わふ」

「ピッピの分も買っておこうね。神殿に持って帰ってピッピと一緒に食べよう」

「わふ！」

うきうきしながら、ミナトとタロは歩いていく。その間に日は完全に沈んだ。

少し歩いて、パンを売っている出店のあった所にやって来た。

「……あっ」「……ぁぅ」

店はもう閉まっていた。お昼過ぎしばらくまでしか、開いていない店だったのだ。

「……残念」

「……わぁぅ」

「明日、またこようね」

「ぁぅ」

日本にいたころ、夜ご飯抜きの日はよくあったのだ。

だから、慣れてはいる。慣れてはいても、悲しいのは変わりない。

ミナトとタロはしょんぼりしながら、神殿へと戻った。するとすぐにピッピが降りてくる。

やはりピッピは街中では人目に付きたくないらしかった。


部屋に戻ろうとしたミナトたちに、ジルベルトが声をかける。

「お、ミナト、タロ様、ピッピおかえり」

「ただいま」「わふ」「ぴっ」

「ご飯の準備ができてるから、食べていくといい」

「え？　いいの？」「わふ？」「ぴぃ？」

今日は夜ご飯抜きだと覚悟していたミナトたちの目が輝く。

「もちろんだ！」

ジルベルトはミナトたちを奥の院の聖女の部屋に連れていく。

「ミナトたちを連れてきたぞ！」

「ミナトさん、タロ様、ピッピさん、よく来てくれました！」

満面に笑みを浮かべたアニエスが出迎えてくれた。

聖女の部屋には神殿長、マルセル、ヘクトルもいる。

「うわぁ！」「わふ〜〜」「ぴぃ〜」

そして、机には甘い匂いのするパンが、沢山入ったかごが置いてあった。

「ミナトさん、タロ様、ピッピさん、一緒にパンを食べましょう！　ミルクもありますよ」

「いいの？」「わふ？」「ぴ？」

「もちろんです、一緒に食べましょうね」

「わぁ！　ありがとう！　お腹空いてたんだ！」「わふわふ」「ぴ〜」

いただきますと元気に言って、ミナトたちはパンを食べる。

「あ、くりーむぱんだ！」「わふわふ！」

そのパンの中には、甘いカスタードクリームが入っていた。

「おいしい！」「わふ〜」「ぴぃ〜」

久しぶりのくりーむぱんは信じられないほどおいしかった。

甘くて、現代日本で食べたどのくりーむぱんよりも、おいしく感じたぐらいだ。

異世界にくりーむぱんが存在したことに、ミナトとタロは感謝した。

「お口に合ったみたいでよかったです」

アニエスたちもくりーむぱんを笑顔で食べている。

「おいしすぎる……あ。サラキア様にお供えしよう」

「ばうばう」

「そうだね、至高神様にも供えよっか。供えてもいい？」

「もちろんです」

聖女はにっこりと許可を出す。

「ありがと」

ミナトはサラキアの鞄から、サラキア像とうんこみたいな至高神像を取り出した。

それぞれ像の前に一つずつくりーむぱんを置いて、

「サラキア様。至高神様。いつもありがと。これはおいしいくりーむぱんです」

「ばうばう〜」

ミナトは手をパンパンと叩き、タロは頭を三回、上下に動かした。

すると、スーッとくりーむぱんが消えた。

「よかったよかった。もう一個食べよう」「ばふばふ」

「ふぁ!?」「え？　消えたぞ？」

アニエスとジルベルトは驚愕して目を見開いた。

残りの者たちも驚きのあまり固まっている。

「サラキア様たちが食べたんだから、消えるよー、ね〜」

「ばう〜」

「そ、そうなのか。知らなかった」

普通はお供えしても消えたりしないのだ。

だが、ミナトは使徒でタロは神獣、しかも神像自体も特別。それゆえに起きた奇跡だった。

「なんという神々しさ……どの神殿にある神像よりも高い神聖力を感じます」

神殿長はひざまずいて涙を流し、神に感謝の祈りを捧げ始めた。

しばらく祈りをささげた後、神殿長が言う。

「あっ、ミナト様！　タロ様！　そのお願いが！」

「どしたの？」「わふ？」

「ミナト様とタロ様がお作りになられた神像を譲っていただきたいのです！」

「いいよ！　いっぱいあるからね！」「わふ！」

「ありがとうございます。もちろんお代はお支払いします」

「ただでいいよ？」「わふ～？」

「いえ！　こういうことは大事ですので！　きちんとさせてください！」

そういって、神殿長は代金を払うことを譲らなかった。

ミナトとタロは、神像を五十体ずつ合計百体を神殿長に販売することになった。

一体につき百ゴルドでいいとミナトは言ったが、神殿長は百万ゴルド払うと譲らない。

最終的に、アニエスの仲介で、一体十万ゴルド＋滞在中の食費と宿代に落ち着いた。

それでも一千万ゴルドだ。菓子パンを大量に買える額である。

「こんなに……沢山もらって申し訳ないし……これもおまけでつけるね？」「わぅ」

ミナトとタロは拾って磨いたザクロ石を十粒ほど神殿長にプレゼントした。

「ありがとうございます！　ほんとうに、ありがとうございます」

神殿長は本当に感動して、涙を流さんばかりだった。

像を販売した後も、ミナトとタロは菓子パンを食べる。

くりーむぱんの他にも揚げパンやフレンチトーストもあった。

「おいしいおいしい！」「わふわふ」「ぴぃ～」

ミナトはゆっくりと菓子パンを食べた。ゆっくりだが沢山食べる。全部で五個も食べた。

タロも同じくらい食べたが、ピッピはミナトから少し分けてもらった分で満腹になった。

「ごちそうさまでした」

「わふわふ」

「食べた食べた、おいしかったねぇ」「わふ～」

満足げに食後の牛乳を飲むミナトとタロにジルベルトが尋ねる。

「ミナトとタロ様はくりーむぱんが一番好きなのか？」

「一番、一番をきめるのはむずかしい……あんぱんも同じくらい好き」「ばう～」

「あんぱんってのはなんだ？」

「えっと、小豆をゆでて柔らかくしてから砂糖を入れて甘くしたのをいれたパン」「わふ～」

「ほう、それはなかなかおいしそうだな……。もっと他においしいパンはないか？」

「えっとね、くりーむぱんにカスタードクリームだけじゃなくてホイップを……」「わふわふ」

ミナトとタロはおいしい菓子パンについて、饒舌に語ったのだった。

そして、それを聞いた神殿長が「ふむふむ」といいながらメモを取っていた。

食事が終わり、ミナトとピッピはジルベルトと一緒に自室のお風呂に入った。

「下水は臭かっただろ」

「くさかったー」

「それなのにミナトが臭わないのは、メルデ様の魔法か」

「そう！　タロのことも洗おうねー」

ジルベルトに頭を洗ってもらいながら、ミナトは浴室の外のタロを綺麗にした。

「何度見てもミナトの魔法はすごいな」

「えへへ。ピッピもきれいにしようねぇ」

「ぴぴぃ～」

「下水道清掃はどうだった？」

「なんかねー。瘴気がたまってたから、普通の人は入らない方がいいかも」

「なに？　瘴気だと」

「たぶんだけど、メルデ湖から汚染された水が流れてきたせいだと思う」

「なるほど……それは厄介だなぁ」

そんなことを話しながら、ミナトたちはお風呂タイムを過ごしたのだった。

風呂を出た後、ジルベルトは部屋を出ていき、ミナトはピッピたちとサラキアの書を確認する。

ミナト（男／５歳）
ＨＰ：３５３／３０８↓３５３　ＭＰ：４７２／４４７↓４９７
体力：３１４↓３５９　魔力：４３３↓４７２　筋力：２９４↓３３６　敏捷：３０２↓３５２

スキル
「使徒たる者」
・全属性魔法スキルLv５　・神聖魔法Lv20↓23　・解呪、瘴気払いLv59↓62
・聖獣、精霊と契約し力を借りることができる　・言語理解　・成長限界なし　・成長速度＋
「聖獣、精霊たちと契約せし者」
・悪しき者特効Lv２１７↓２４３
・火炎無効（不死鳥）　・火魔法（不死鳥）Lv＋56
・隠れる者（鼠）Lv70　・索敵（雀）Lv42　・帰巣本能（鳩）Lv25
・鷹の目（鷹）Lv75　・追跡者（狐）Lv49↓84　・走り続ける者（狼）Lv50
・突進（猪）Lv30　・登攀者（山羊）Lv20　・剛力（熊）Lv35↓45
・水魔法（大精霊：水）Lv＋１２７　・水攻撃無効（大精霊：水）
・毒無効（スライム）　・状態異常無効（スライム）
契約者

聖獣192体　精霊1体
称号：サラキアの使徒
持ち物：サラキアの書、サラキアの装備（ナイフ、衣服一式、首飾り、靴、鞄）

「あ、【状態異常無効】が増えてるよ！」

「ぴぃ～」「わふ！」

スライムたちが持っているのは毒無効だ。

だが、二十体とまとめて契約したことで、毒無効が状態異常無効に進化したのだ。

「だいぶ強くなったねぇ」

メルデと契約してステータスを確認したあと、熊と狐と契約したのに確認していなかった。

それに魔法を何回も使ったりしたことによる成長分もある。

「ピッピ、何かしてほしいことあるんでしょ？」

「ぴ～」

「そっか、その前に調べないとだめなんだね。手伝えることある？」

「ぴっ」

ピッピは「大丈夫ありがとう」と言って、ミナトにほおずりした。

ミナトたちが風呂に入っている頃。

聖女の部屋でアニエスと神殿長とマルセル、ヘクトルが会議していた。

議題はおいしいあんぱんの作り方だ。

「小豆は比較的簡単に、安価に入手できるが、灰汁がすごいだろう？」

「神殿長。そこは気にしなくていいでしょう。きっと灰汁抜きする方法ぐらいあるでしょうし」

アニエスの言葉にマルセルはうなずいた。

「製造法は専門家にお任せすればいいでしょう。材料確保と作る人をどうするかですね」

「マルセル。材料はともかく作る人は問題ないですぞ。神殿の見習いが沢山――」

ヘクトルの言葉の途中で「バァン」と扉が乱暴に開かれて、サーニャが入ってくる。

「サーニャどうしました？　……くっさ」

マルセルが思わず鼻をつまむ。

「乙女に向かって、臭いって失礼すぎるでしょ！」

「そうですよ、マルセル」

そういいながらも、アニエスも鼻をつまんでいる。

「いったいどうしたっていうんです？　下水にでも落ちましたか？」

「聞いてくれる？」

「話ならあとでちゃんと聞きますから、その前に風呂に入ってください」

「ちっ、わかった」

三十分後、風呂から上がったサーニャが余りの菓子パンを食べながら、説明を始める。

「……ミナトが心配で下水道に潜ったのだけど」

この場にいる全員が、見ていたのでそれは知っている。

「ミナトは下水道をすごい速さで走り回って……」

水魔法で綺麗にしながら、縦横無尽に走り回っていた。

「魔法はすさまじかった。でも、それよりも、ミナトの走りに、ついて……いけなくて」

「え？　冗談でしょう？　いくら使徒様といえど、五歳児ですよ？」

マルセルの言葉に皆うなずく。

森の狩人であるエルフは健脚で知られている。獲物を追って一晩中走り続けることもあるのだ。

そのエルフの中でも精鋭であるサーニャが、五歳児についていけないとは考えにくい。

みな、ミナトの【走り続ける者Lv50】のことを知らないのだ。

「嘘ついてどうするのよ。帰りもあっという間に見えなくなって……」

サーニャは迷子になったのだという。

結局、数時間迷った挙句、入った場所と違う出入り口から脱出した。

森の狩人が道に迷うとは。みな、あまりに哀れでかける言葉を見つけられなかった。

「…………次は、経験豊富なわしが行くしかありませんな」

「ヘクトルより若い私が行くべきでしょう」

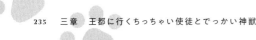

「いや、私が行くわ。次こそはついて行って見せるわ」

サーニャ、マルセル、ヘクトルが、誰がミナトを見守るのか真剣に話し合い始めた。

それを聞きながら、神殿長は「誰もついていかなくていいだろ」と思った。

聞いている限り、ミナトは強いし、迷子にもならないのだから。

「それで小豆の産地はどこがいいと思う？」

「そうですね、北方の……」

だから神殿長はアニエスと小豆の仕入れ先の相談をした。

ミナトの探索についていくより、あんぱんを作って出迎えたほうがきっと喜ぶ。

そう考えて、神殿長とアニエスはあんぱん開発に注力することにしたのだった。

その後、ジルベルトがやってきて、瘴気がたまっているらしいということが報告された。

「私が瘴気の中でも平気だったのは、ザクロ石のお守りのおかげね」

「そうだなぁ。神殿長、神像を下水道に配置するのはどうだろう？」

ジルベルトが提案すると、神殿長は少し考えた。

「それもありかもしれませんが、瘴気の中に神官を派遣するのは危険ですから」

「それより、下水道の入り口に神像を配置して、瘴気が漏れないようにするのがいいのでは？」

「それだ！　さすが聖女！」

そうして、王都に点在する下水道入り口に神像を設置することになった。

次の日からもミナトは下水道に潜る。

タロは入り口で待機し、ピッピは独自の調査に向かった。

そして、ミナトはスライムたちと協力して清掃するのだ。

「ぴぎ！」

「そっちにしつこい瘴気だまりがあった？　僕にまかせて！」

スライムたちがその伸縮自在の体を利用し、一晩かけて瘴気だまりを見つけてくれる。

「この裏だね。それにしても、下水道の壁ってしっかりしてるよね」

石壁の向こう側に巧妙に隠された空間に【剛力Lv45】を使って侵入し、

「えいっ！」

と一撃で瘴気を払う。

「瘴気だまりには、大体この汚いのがあるんだよね」

「ぴぎ〜〜」

硬質化して床にへばりついているヘドロの塊だ。

「ばっちいなぁ」

ミナトは忘れずに、サラキアのナイフでこそげ落とす。

「ふう？　これでよしっと。他にも見つかった？」

「ぴぎっ」

スライムは一晩に三つぐらい瘴気だまりを見つけてくれるのだ。

三つ瘴気だまりを払った後、ミナトは下水道を浄化しながら駆け回る。

「とりゃあああ！」「ピギぴぎっぴぎっ！」

フルフルを頭の上に乗せて、下水道を駆け抜けながら綺麗にする。

スライムたちは【走り続ける者Lv50】を持つミナトの速さについて来られない。

だから他のスライムには探索をお願いし、ミナトはフルフルだけを乗せて駆け回る。

「む、しつこい汚れ発見！　はああ！」

水魔法を使って、流れる水を丸ごと一気に浄化していく。

瘴気は少しも見逃さず払い、毒があれば解毒して、腐敗した水は浄化した。

「むむ！　このあたり……少しだけ他より瘴気が濃い？　フルフルお願い」

「ぴぎ！　ぴぎぃぃ～」

ミナトが瘴気の濃いところを見つけるとフルフルが皆に知らせる。

そうすると、その近くをスライムたちが重点的に探してくれるのだ。

「ぴぎぃぃ！」

「瘴気だまりが見つかった？　やったね！」

そうして、瘴気だまりを見つけ出しては払っていった。

◇◇◇◇

ミナトが下水道清掃に精を出していたころ。

王宮ではリチャード王が報告を受けていた。

「ミゲルからの報告が届きました」

ミゲルは忠誠心が厚く剣術の才が抜きんでている近衛騎士の精鋭だ。

「おお、ドミニクの悪事の証拠をつかんだか？」

ミゲルはその忠誠心と剣の腕を買われて、ドミニクの元に密偵としてもぐりこんでいた。

近衛騎士の裏切り者を演じ、致命的ではない機密情報を流してまで信用を得た。

数年かけて呪神の平信徒から幹部信徒へと出世したのだ。

「王都における疫病の発生に信徒たちが関与しているのは間違いないと。ただしまだ証拠は……」

「ドミニクは用心深いからな」

ドミニクは性格が最悪だが、能力だけは非常に高い。

ドミニクに気を許すなというのは、兄、つまりドミニクの父である先王の遺言でもある。

「慎重に探れ。ばれては元も子もない」

リチャード王はそう命じると、大きく息を吐いた。

ドミニクは仮にも王子だ。しかも先王の嫡子。

証拠が不十分なまま処罰すれば、貴族たちが中央政治に介入する口実を与えるようなものだ。

ドミニクを王に担ぎだすことで、地位を上げようとする貴族も現れるだろう。

そうなれば、内乱は避けられない。

「神は、なぜドミニクに才能を与えたのだ」

リチャード王は思わずつぶやく。

ファラルドの歴代王族の中でも、ドミニクの才は抜きんでていた。

先王である兄もリチャード自身もドミニクの神童ぶりをみて大きく期待した。

ドミニクはファラルド王国をより豊かにしてくれると信じていた。

その性格が残酷すぎることがわかったときの兄の憔悴を、リチャードは覚えている。

何度も何度も愛をもって諭したが、ドミニクは理解することはなかった。

先王の急逝も、ドミニクの振る舞いが改まらなかったことによる心労のせいかもしれない。


リチャード王は玉座の近くにある、不死鳥の止まり木に目をやった。

王室の守護獣である不死鳥がいなくなってからしばらくたった。

「お前はどこにおるのだ？」

リチャード王は優しい不死鳥を懐かしんで、つぶやいた。

◇◇◇◇

ミナトが下水道清掃を始めてから一週間目のお昼ごろ。

ミナトとスライムたちは最後まで見つけられなかった瘴気だまりをやっと払うことができた。

「やったー！」「ぴぎぴぎ〜〜」

特に分厚い壁の向こうに隠れていたので、見つけることがなかなかできなかったのだ。

「大変だったねー」

「ぴぎぃ〜」「ぴぎぴぎ」「ぴぃぎぃ〜」

百二十匹を超えるスライムたちが、一斉にブルブルした。

この一週間で、聖獣ではないスライムは百匹以上増えている。

聖獣スライムと合わせて百二十匹以上のスライムが総出で、下水道を探索したのだ。

もちろん、ミナトも一生懸命探した。

「でも、なかなか見つからなかったおかげで、きれいになったね！」

「ぴぎ〜」

ミナトもスライムたちも掃除しながら探索していた。

そのおかげで、下水道は本当に綺麗になった。

「ごみもないし、瘴気の気配もないし、臭くもないし！」

「ぴぎぴぎ！」

スライムたちは「ミナトありがとう、これからは僕たちが頑張るね！」と言う。

「こちらこそありがとだよ」

「ぴぎ〜〜」

「そだね、これからは聖獣スライムたちも解呪できるし瘴気も払えるもんね！」

ミナトと契約したおかげで、聖獣スライムたちは解呪と瘴気払いの能力を得た。

再び汚染されることがあっても、聖獣スライムたちだけでも抵抗できる。

「ぴぎぃ」

そのとき、フルフルが「ミナトについていく」と言ってプルプルした。

「え？　ついて来たいの？　僕はうれしいけど……ここは大丈夫？」

フルフルはスライムたちのリーダーなのだ。

「ぴぎぴぎっ」

みんな強くなったし、スライムたちも増えたから大丈夫と堂々とプルプルしている。

「ぴぎ～ぴぎぴぎ」「ぴぎぴっぎぃ～」

スライムたちが口々にフルフルを連れて行ってあげてと言う。

どうやら、フルフルがミナトについていくことは昨夜話し合われたことらしい。

「どうして？」

「ぴぃぎぃ～」「ぴぎぴぎ」「ぴっぎ～～」「ぴぎっぴぎぃ～」

フルフルとスライムたちは口々に言う。

第一にミナトに助けてもらった恩返しがしたいということ。

それにフルフルは、自分をフルフルと名付けた人間に再会したいのだと言う。

「どんな人なの？」

「ぴぎ～ぴぎぴぎ」

それはリッキーという名の小さな男の子だったと言う。

柵に引っかかって脱出できなくなり弱っていた幼いフルフルを助けてくれたのだ。

どうしてリッキーが下水道にいたのかはわからない。

だが、一週間ほど、フルフルはリッキーと暮らしたのだと言う。

リッキーは持っていた少しの食べ物を、弱っていたフルフルに分けてくれた。

それから、フルフルはリッキーに下水を浄化して飲ませたり、食べ物を逆に分けたりした。

そうやって、力を合わせて生き延びたのだと言う。

「それから、リッキーはどうなったの？」

「ぴぃぎぃ」

一週間後、リッキーを探しに来た大人達と帰っていったと言う。

「ぴぎ」

リッキーと暮らしたいわけではない。ただ幸せかどうか、元気かどうか見てみたい。

そうフルフルは言う。

「それってどのくらいまえなの？」

「ぴぎ～」

フルフルは「よくわかんないけど三年ぐらい前かも？」と言う。

スライムたちはずっと下水道にいて、時間の感覚も季節感もはっきりしないのだ。

数年の誤差があってもおかしくないと、ミナトは思った。

「でも、王都は広いから会えるかどうかわかんないよ？」

「ぴぎ〜」

それでもいい。それにリッキーが語ってくれた地上を見てみたい。

そう言って、フルフルはプルプルした。

「そっか。じゃあ、一緒に行こうか」

「ぴぎ〜」

「でも、本当にリッキーに会えるかわからないからね。王都は広いんだから」

「ぴぃぎぃ〜」

そうして、フルフルはミナトと同行することになった。


「じゃあ、みんな下水道のことはお願いね」

「「「ぴぎ〜」」」

「また会いに来るからね。それに困ったときは神殿に言いに来てね」

「「「ぴぃぎぃ〜」」」

ミナトは、百二十匹を超すスライムたち全員を、順番にぎゅっと抱きしめた。

それから、ミナトとフルフルは一緒に下水道を出る。

「わふ！」

「ただいま、タロ。知らない人について行ったりしてない？」

「わぁふう～」

そんなことしたことないとタロは言う。

「そっか、えらいねぇ。あ、タロ。この前も紹介したけどフルフル」

「ぴぎ～」

一応聖獣スライムたち全員を、二日目にタロに紹介してあるのだ。

「フルフルはね、会いたい人がいるんだって。それでね……」

「わふ！」

ミナトがこれからフルフルが同行することを説明すると、タロは嬉しそうに尻尾を揺らした。


ミナトたちは、神殿に帰ると神殿長にスライムたちが来たら教えてと伝えた。

神殿長はスライムが来たら自分に報告するようにと神官に周知する。

スライムたちはサラキア様の命を受けて、下水道を守っているのだと。

これにより、スライムはサラキア様の使いの聖なる生物だとみなされるようになった。

ミナトが自室に戻ると、ピッピがすでに戻ってきていた。

「ピッピ。調査は順調？」

ここ数日、ミナトが清掃中、ピッピは飛び回っていた。

それだけでなく、夜中にこっそり王都の上空を飛び回っていた。

「ぴぃ～ぴぃ」

もう少しかかりそうだとピッピは言う。

「手伝ってほしいことがあったら、いつでも言ってね？」

「ぴぃ～～」

ピッピは羽をバサバサさせながら「その時はお願いね」と言った。


下水道を綺麗にした次の日。

朝からミナトとタロ、フルフル、ジルベルト、サーニャは街を散策した。

フルフルの思い出の人リッキーを探すためだ。

もちろん冒険者ギルドと神殿にもリッキーという名の子供の情報を探してもらっている。

「フルフル、リッキーを見つけたら教えてね」

「ぴぎ～」

ミナトは空を見上げる。今日もピッピは空高くを飛んでいる。

「あ、ピッピ、どこかに飛んで行った」

ピッピはたまに上空から消えて、どこかに行くのだ。

「ピッピは一羽でしらべているのかな～」

心配そうにつぶやくミナトの頭を、ジルベルトがワシワシと撫でた。

「まあ、一羽で頑張りたいんだろう。きっとピッピにも事情や意地があるんだろうさ」

「でも心配だよ」「わふ～」

「信頼して、任せるのも仲間なら大切だぞ?」

「そっか」「わふわふ」

湖の精霊メルデやスライムたちなどの沢山の聖獣たち。

ミナトは、みんなのことを信頼して、その地域を任せている。

「僕とタロができることは、かぎられているものなぁ」

だから、仲間を頼らないといけない。

「あ、それがサラキア様がさせたかったことなのかも?」

だから契約して力を借りる能力を自分に授けたのかもしれないとミナトは思った。


「あ、ミナト! タロ様、こっちこっち」

少し先行していたサーニャが笑顔で手招きする。

「どしたの、サーニャ」「わぁふ?」

「これが前に言っていた王都ファアラルド名物よ」

それは串に刺した鶏皮をカリカリに焼いてあまじょっぱいたれをつけたものだ。

「この店が一番おいしいんだから」

「おお、サーニャちゃん、うれしいこと言ってくれるねえ! おまけしちゃうよ!」

どうやら、サーニャ行きつけの屋台らしい。

「この子に食べさせてあげたかったのに、屋台が出てなかったから。病気?」

「うちの子の看病だ。もう治ったがな。それに、この辺りは特に下水の臭いがひどくてな……」

「あー、それはきついわね」

強烈な下水の臭いが漂っているところで、食べ物の屋台を開いても売り上げは望めない。

「下水の臭いがせっかくの鶏皮やたれにしみついて、食えたもんじゃなくなるからな」

「そっか」

「だから、やっと今日から営業再開だ！」

屋台の主人は嬉しそうに笑顔で言った。

「再開のお祝いもかねて、鶏皮串を十本ちょうだい！」

「まいどあり！　三本おまけにつけちゃおう」

そういって、店主は余分に包んでくれた。

「神殿の夜ご飯でも出たけど、やっぱり屋台のは、一味違うのよ！」

そういって、サーニャは鶏皮串を買ってくれた。

「ありがとー」「わふわふ」「ぴぎ」

ミナトとタロ、フルフルはパクリと口に入れる。

「あ、おいしい！　脂なのに、脂っこくない！　不思議！」「わふ〜」「ぴぎ」

「そうだろう？　炭火で焼いて余分な脂を落としているからな！」

おいしそうに食べるミナトたちを見て、店主もうれしそうだ。

そんなミナトを見て、食欲が刺激されたのか、串を買う通行人が増えた。

「ミナトとタロ様は、本当においしそうに食べるなぁ」

ジルベルトもほほを緩める。

「すごくおいしいからね！」「わふぅ」

「そっか、どんどん食べて大きくなれよ！　あ、カステラが売ってるぞ。買ってやろう」

昨日、今日で、一気に営業再開した屋台が増えたのだ。

「いいの？」「わふ？」「ぴぎ？」

「いいぞ。どんどん食え」

「やったー」「わふわふ」「ぴぎ～」


今日はミナトとタロにとって、久しぶりの休暇と言ってよかった。

ミナトは連日下水道に十時間ぐらい潜り、タロは留守番していたのだから。

リッキーを探すという目的はあるとはいえ、緊急性はない。

ミナトたちは、初めてのんびりと王都を歩くことができたのだ。


「ぴぎぃ～」

「フルフルも楽しい？」

生まれて初めて地上に出たフルフルは、きょろきょろ周囲を見回している。

フルフルは、これがリッキーが語ってくれた王都の街並みなのかと感動していた。

「ねえ、ジルベルト、サーニャ、王都っていつもこんなに元気なの？　お祭りみたい」

「活気があるかってことか？　そうだな、ここまでにぎやかなのは久しぶりかもな」

「最近はメルデ湖の事件とかいろいろあったからね。にぎやかで私もうれしいわ」

メルデ湖の事件があり、同時に下水道の環境悪化が始まった。

街が悪臭に包まれ、病人が増え、街自体の活気が失われていたのだ。

「ミナトたちがメルデ湖を浄化して、下水道を綺麗にしたおかげね」

「ああ、サーニャのいうとおりだ。誇っていいぞ。ミナト、タロ様、それにフルフル」

「そっか、うれしいかも」「わふ」「ぴぎ！」

ミナトたちは、のんびり王都を散策しながら、おいしいものを食べつつ、リッキーを探した。

◇◇◇◇

ミナトたちが楽しく買い食いしながら散策していたころ。

冒険者ギルドにて、職員と冒険者たちが噂をしていた。

「最近、下水道がめちゃくちゃ綺麗になっているらしいぞ」

「あ、確かに最近は王都が臭くないな」

「でも、どうして？　最近、下水道清掃しているのってジルベルトの隠し子ぐらいだろう？」

ミナトはジルベルトの隠し子だと認識されていた。

毎日下水道清掃を終えたミナトはギルドにやってきて、お小遣いをもらって帰るのである。

そんなミナトをみな優しく見守っていた。

「下水道の悪臭を何とかしてくれって、街中から沢山要望が出てただろう？」

メルデ湖が浄化されたのに、一向に下水道からの悪臭が消えなかった。

飲食店や宿泊施設にとっては死活問題だし、他の者も皆、何とかしてほしいと願っていた。

「下水道清掃任務を受けているのは、ミナトだけ……もしかして、ミナトが」

ぼそっと冒険者の一人がつぶやくが、他の者は首を振った。

「まさか、そんな、ねえ？」

「そうだ、まさかそんなことあるわけ……ない」

王都の下水道は広大で複雑なのだ。

数百人以上を動員しても、一週間で清掃することは不可能だ。

ましてや五歳児が一人で清掃することは絶対に不可能に思える。

「まさか……ねぇ？」

保護者のいない子供たちもあまりの悪臭に下水道清掃任務を避けていたぐらいだ。

だから、清掃任務をしていたのはミナトだけ。

「ミナトが一生懸命清掃したのは間違いないんだ。褒めてあげないとな」

「ああ、そうだな」「ちがいない」

あとで褒めてあげて、なにかおやつでも買ってあげよう。

そう、みんな思っていた。

そこに一人の治癒術師が、ギルド内に入ってくる。

「おお、今日はどうした？　いつもより早いじゃないか？」

「それがさ。病人が激減したから、今日はもう大丈夫ってさ」

メルデ湖の浄化により一度減った病人は、再び増加しつつあったのだ。

だから、治癒術師は頼まれて治療院で働いていたのだ。

「それは、なによりじゃないか」

「そうなんだけどな。下水道の悪臭が消えるとみるみるうちに病人が元気になってな」

「ほう？」

病人が急激に増加していたのは、特に悪臭被害の多いところだった。

「下水道の悪臭による健康被害ってあるのか？」

「考えにくいがな」

「さあ、気が滅入るってのはあるんじゃないか？」

今まで、下水道清掃をした子供が体を壊した例はなかった。

それに、冒険者たちの中にも子供のころ下水道清掃で食いつないだものは多い。

もし健康被害があるならば、子供たちに下水道清掃をさせるのも考え直さなければならない。

これから、ギルドの上層部は下水道清掃の安全性について、検討することになる。

「まあ、悪臭が減って病人が減ったなら、ジルベルトの隠し子に感謝しないとな」

「なんだそりゃ」

「実はな……」

こうして、ミナトが疫病を防いだとまことしやかに噂されるようになった。

四章

呪神の導師とちっちゃい使徒《幼子》とでっかい神獣《子犬》

一方、王都の片隅にあるドミニクの屋敷で、呪神の信徒が緊急会議を開いていた。

「なぜだ！　なぜ病人が減るのだ！」

「わ、わかりませぬ。思いもつかぬ事態にて……」

呪神の信徒たちは、下水道に呪力で動く道具、呪道具を設置し瘴気をばらまいていた。

下水道は王都中に張り巡らされている。

その下水道が瘴気で満ちれば、王都中に瘴気があふれ、疫病が蔓延するという作戦だ。

加えて王都の下水道は複雑で、全容を把握できている者はいない。

もし、下水道が瘴気で満ちていることに気づいた者がいても、即座に対処できない。

呪道具を見つけて壊すより、王都が疫病で滅びる方が早いだろう。

「あの呪道具は使徒様お手製の神器に近いものだ。そうだな？」

「その通りだ」

「あれを壊そうとするならば、神器を使うぐらいしないと壊せないはずだろうが！」

そう、その呪道具とはミナトがヘドロのような汚れだと思ったものだ。

ミナトはそれを「ばっちいなぁ」と言いながら、神器サラキアのナイフでこそげ落していた。

「完璧な作戦だったはずだ！」

ミナトは気づいておらず、単に掃除しただけだと思っている。

だが、おかげで呪神の使徒と信徒が長い年月と手間と財力をつぎ込んだ作戦が崩壊した。

「ならば、なぜ瘴気が減っている！　それに、なんだ、あの下水道は！」

信徒たちは何が起こっているのか調べるために先ほど下水道に入った。

汚水は、泳げるどころか、飲めそうに感じるほど澄んでいた。

空気は清浄で、深呼吸すればすがすがしい気持ちになりそうだった。

汚れ切っていた壁も天井も床も、汚れ一つなかった。

「あれではまるで王宮の中庭ではないか！」

「原因が、まったく、わからぬ。想像もつかぬ」

信徒たちは冷や汗を流しながら「わからない」と繰り返すばかり。

「どれだけ、どれだけ時間と手間を費やしたと思っている！」

作戦を実行しはじめたのは最近だが、準備自体は数年前から動いている。

メルデ湖が汚染される前から、動き出した作戦なのだ。

壁の裏に沢山の隠し部屋を作り、瘴気を発生する呪道具を設置していった。

数年の年月と手間と大金がかかっている。

混乱する信徒たちに、これまで黙っていたドミニクが静かに語り掛ける。

「落ち着くがよい」

「ど、導師、落ち着いてなど！」

「慌てて事態が改善するならば、いくらでも慌てればよかろう」

そうはっきりと言われて、信徒たちは黙り込む。

「瘴気が払われた原因に心当たりがあるものは？」

ドミニクに問われて、信徒の一人がおずおずと言う。

「殿下、一つ不審なものが……」

「なんだ。言ってみなさい」

「あ、はい。下水道の入り口に……このようなものが」

信徒は下水道の入り口から盗んできたタロが作った至高神の像を机の上に置く。

「なんだ、この直立した巨大な犬の糞みたいなものは！」

信徒の一人が憎々しげに言った。

ふざけている場合かという非難の目で、像を出した信徒をにらみつける。

「この像が何かわかりませんが、多くの下水道の入り口に神殿が設置したようです」

「……………この犬の糞みたいなものをか？」

「はい。関連性はわかりませんが、瘴気が払われた時期と設置の時期は一致します」

「ふむ？　ならば、可能性はあるな。実際、忌々しい神聖力を感じる」

導師でもあるドミニクは、神聖力を感じ取った。

「なんと、神聖力を……」

驚いた信徒たちはタロ製の像について喧々諤々《けんけんがくがく》の議論を始めた。

「糞が意味するのは……」「いや、何の糞かが重要だ」「何のって神の糞だろう」

「違う！　糞自体に意味はなく、直立していることに意味があるのだ。つまり……」

三十分議論しても、当然のように結論は出なかった。

「もうよい。今後、ゆるりと解析を進めればよかろう」

「かしこまりました」

ドミニクが調査を命じて議論はひとまず中断となった。

「……して、どういたしましょう。メルデ湖の作戦も病魔の作戦も……」

失敗してしまった。もう手はない。そう信徒たちは思って絶望していた。

「安心せよ。それらはすべて時間稼ぎに過ぎぬ」

「と、言いますと？」

「時は満ちた。国を落とす準備は整った」

「なんと！」

信徒たちは目を輝かせた。だが一人の目が一瞬泳いだのをドミニクは見逃さない。

「どうした。ミゲル。目が泳いでいるぞ？」

「そ、そんなことは。準備が整ったこと、まことにめでた――」

「取り繕う必要はないぞ。お前からは呪神の臭いがしない」

「ちっ」

次の瞬間、ミゲルが目にもとまらぬ速さで、懐からナイフを取り出し、

「グフっ」

血を吐いた。

ミゲルがナイフを投げつける前に、ドミニクが机の上にあったペンを投げたのだ。

「遅いぞ、ミゲル。それでも近衛の精鋭か？」

ドミニクの投げたペンは全部で五本。腹と両腕両足に一本ずつ突き刺さっている。

「クソが……。魔法ですらない……だと……」

「お前ごときに使う魔法はない」

「ば、ばけものが……」

倒れたミゲルをドミニクは見下ろして言う。

「ミゲルは殺すな。使い道はある」

「御意」

側近が、ミゲルを連れ出していく。

ミゲルが連れ出されて信徒たちはやっと我に返った。

「さすが導師。お見事にございました」

「近衛の精鋭ミゲルを、赤子の手をひねるかのように……」

ミゲルは、数年前に入信した信徒だ。

信仰心が篤く、近衛騎士団の情報を流し、教団に貢献してきた。

幹部に昇格してからも功績を積み、今日はじめて最高幹部会に出席することを許されたのだ。

近衛騎士の精鋭でもあるミゲルは、圧倒的な戦闘力を誇っている。

今後、呪神教団の荒事担当として期待されていた。

そのミゲルを圧倒した導師ドミニクの戦闘力に信徒たちは驚愕した。

「まさか王が間者を放っているとは」

「私は疑われて当然ではあるからな」

先王の嫡子であるドミニクは正統なる後継者、本来の王だ。

簒奪者たる現王としては警戒して当然だ。

「王の放った間者を拘束したからには、急がねばならぬな」

ミゲルとの定期連絡が途切れた時点で、王はドミニクが間者に気づいたことを知るだろう。

ドミニクは信徒たちをゆっくりと見回す。

「早急に王宮を落とす。時間は貴重だ」

「御意」

呪神の信徒は、即座に動き出した。


ミナトたちが王都を散策した次の日の早朝。

呪神の導師ドミニクは、王宮を訪れていた。

ドミニクは荷物を持った供回りを五人連れて、王宮内を堂々と歩いていく。

止める者は誰もおらず、そのまま謁見の間の前までやってくる。

「殿下、なぜこのようなところに」

謁見の間に入る直前、ドミニクを止めたのは宰相だった。

宰相はなぜ誰も止めないのだと、周囲にいる近衛をにらみつける。

「甥が叔父に会いに来たのだ。堅苦しいことを言うでない」

「叔父と甥であるまえに、王と臣下です」

「頭が固いぞ。宰相」

そういって、ドミニクは謁見の間へと進もうとする。

「なりませぬ！　いくら王族でも、許されませぬぞ！」

宰相の制止を無視して、ドミニクは進む。

「おい！　殿下を止めろ！」

宰相はそばにいた近衛騎士ミゲルに力づくで止めるように指示をする。

だが、羽交い締めにされたのは宰相だった。

「な、なにをするか！」

「導師のご命令です」

「お、お前は何を言っている……。殿下何をなされたのですか？」

「お前が知っても仕方あるまい」

そう言って、ドミニクはにやりと笑う。

ドミニクは精神支配できる呪者を利用して、すでに近衛の大半を自身の操り人形にしていた。

ミゲルも昨日とらえた後、精神支配を済ませて、偽の報告を上げさせていた。

「黙ってみていろ、宰相」

そのままドミニクは謁見の間に入る。

「お久しぶりです、叔父上」

「よく余の前に顔を出せたものだな、ドミニク」

「悲しいことを言わないでください。叔父上が必ず喜ぶ土産を持ってきたというのに」

「土産だと、そのようなものいらぬ。疾く失せるがよい」

「そうおっしゃらずに」

そう言って、ドミニクは供回りが持っていたかごを開ける。

そこから、フェニックスが飛び上がり、

「おお、フェニックスではないか！　無事だったか！」

王の肩に止まった。

「道に迷い弱っていたのを私が保護しました」

そうドミニクがつぶやいた途端、王がにらみつけた。

「嘘を申すな！　フェニックスを捕らえ監禁していたのであろう！」

優秀で強力な聖獣フェニックスが道に迷い弱ることなどありえない。

「ばれましたか？」

そう言って、ドミニクは楽しそうに笑う。

「この痴れ者が！　王室の象徴にして守護獣であるフェニックスに対して何ということを！」

「まあ、いいじゃないですか」

「この愚か者をさっさとつまみ出せ！」

王が怒鳴っても謁見の間にいる近衛騎士は動かない。

「何をしている！」

王が改めて大声で命じても近衛騎士は誰も動かなかった。

「まだ気づきませんか？　王宮にあなたの味方はもういません」

「お前……いったい何をした？」

「世界を変えようと思いましてね？」

「いったい……何を言っている……」

「すぐに理解できるようになりますよ。おい」

ドミニクが一言つぶやくと。即座に近衛騎士たちが王を玉座に押さえつける。

「ミ、ミゲル、お主……裏切っていたのか」

その押さえつけた近衛騎士の一人はミゲルだった。

間者に任じるほど、信用していた臣の裏切りに、王は絶望の表情を浮かべる。

「叔父上は人望がありませんなぁ」

ドミニクがあざけるように笑い、王は肩に止まるフェニックスに助けを求める。

「守護獣よ！　助けてくれ！」

「ぴぃぃぃぃぃ」

「フェニックス？」

フェニックスは王が聞いたことのないおぞましい声で鳴くと、

――ボトボトボト
くちばしを開いて、金属光沢のスライムのようなものを吐き出した。

そのスライムのようなものはもぞもぞ動き、ゆっくりと王の耳に入っていく。

「や、やめろ！　やめろ！　た、助けてくれ！」

「叔父上。ご安心ください。すぐにあなたの民も仲間になりますよ」

「た、民だと？　お前、一体何を……」

「ついに成長しきったんです。今までは――」

ドミニクは楽しそうに語る。

今まで、呪者が自分の体からかけらを分離し、それをとりつかせることで精神支配していた。

それだと大勢を支配するのにどうしても時間がかかる。

呪者も無限に自分の体を分離できるわけでもないのだから。

だが、やっと呪者の力が上がり、瘴気を吸わせるだけで支配できるようになった。

「これも、古代竜の支配が完了したことが大きいですな」

抵抗を続けていた幼い古代竜の支配が、先日やっと完了した。

それにより呪者の力は飛躍的に向上したのだ。

「もっとも、瘴気で支配した者たちは、さすがに支配力が弱くて……」

「いやだ、いやだ！　あぁぁぁぁぁぁぁぁ…………」

「聞けよ！　せっかく説明してやっているんだからさぁ！　……まあいいか」

近衛騎士に押さえられながらも、必死に身をよじっていた王は動かなくなる。

「リチャード。お前はなんだ？」

「…………導師様の忠実な下僕です」

「それでよい」

王の精神を完全に支配したことを確認し、ドミニクは満足げにうなずく。

「ひ、ひぃぃぃ」

その時、謁見の間の外から宰相のおびえる声が聞こえた。

「ああ、忘れていた。フェニックス。あいつも支配してやれ、仲間外れはかわいそうだろう」

「ぴぃぃぃぃぃぃ」

「やめろ！　いやだ！　許してくれ！　あぁぁがががぁがぁが」

導師ドミニクは王と宰相、それに近衛騎士を完全に掌握した。

これで王宮でドミニクに抵抗するのは、聖騎士と聖職者、宮廷魔導師のみになった。

聖騎士と聖職者は神聖力を、宮廷魔導師は魔力を持っており、神聖力と魔力への感度も高い。

それゆえ、呪者に気づく可能性が高く、後回しになっていたのだ。

「奴らもまとめて仕留めておくか。おい」

「……御意」

ドミニクは王に命じて、聖騎士、聖職者、宮廷魔導師を庭に集めさせた。


王宮の広大な庭に、百人ほどの精鋭が並んだ。

その前に王を連れたドミニクが堂々と現れる。

騒然とする聖騎士たちに向けて、ドミニクは言う。

「この国は王から私がもらった。そうだな？」

「その通りです」

王の表情は、誰が見てもおかしいものだ。そのうえ、呪いの気配がする。

「何をした！」

聖騎士団長が、ドミニクを怒鳴りつけるようにして問いただす。

「聞いてなかったのか？　この国をもらった。首を垂れろ」

「ふざけるな！　王から呪力を感じるぞ！」

その言葉でドミニクは嬉しそうに笑う。

「この国は呪神に捧げられる。喜ぶがいい」

「お前の好きにはさせぬぞ！　呪神の狂信者が！」

「フェニックス」

ドミニクの指示で、フェニックスが飛びながら、火魔法をばらまいた。

「大気の精霊よ――」「水の精霊よ――」

魔導師たちが、それぞれ高速で詠唱し得意な障壁を張って、必死に防ぐ。

「おお！　おお！　やるではないか！　さすがは宮廷魔導師！」

「余裕でいられるのもそこまでだ！」

聖騎士団長がドミニクに襲い掛かる。

「ん？」

ドミニクは右手を団長に向ける。

「水の精霊よ。呪神の名のもとに、ドミニク・ファラルドが命じる。水生成《ウオーター・クリエイト》」

次の瞬間、まるで川が氾濫したかのような膨大な量の水が聖騎士たちをまとめて押し流す。

「水の精霊よ。呪神の名のもとに、ドミニク・ファラルドが命じる。水流支配《ウオーター・ドミネーション》」

その水は百人の聖騎士たちを巻き込んだまま、宙に浮かびぐるぐると渦を描く。

「水泳の練習はしておいた方がいいぞ？」

溺れる聖騎士たちを見て、楽しそうにドミニクが笑う。

数分後、全員が意識を失った後、やっとドミニクは魔法を止めた。

「フェニックス。気絶して精神抵抗が下がっている間に支配しておけ」

「ピイイイ」

フェニックスが口を開けて、金属質のスライムのような呪者を口から吐こうとしたとき、

「ピイイイイイ!!」

一瞬で、空が燃えあがったように見えた。

ピッピが火系の大魔法炎嵐《ファイアー・ストーム》を放ちながら、急降下してくる。

ミナトより早く起きたピッピは、嫌な予感がして、上空から王宮の様子を見に来ていた。

王都に来てからピッピは暇さえあれば、王宮の様子を見に来て、父を探していたのだ。

今日の王宮は異様だった。

ピッピに優しかった王も、中庭で倒れていて、王の周囲大勢の人が倒れていた。

すぐに、ミナトに知らせなきゃ。そう思ったとき父フェニックスの姿を見つけてしまった。

尊敬する父は、男に命じられるまま、口から呪者を吐き出していた。

聖獣が呪者を吐くわけがない。考えられる可能性は、父が殺されて乗っ取られたということ。

「ピイイイイイイ!」

あいつが、父に命じている男が、父を殺したに違いない。絶対に許せない。

我を忘れたピッピは自分の使える最高位の火魔法を発動しながら、急降下した。

中庭の温度が急上昇する。

「ふむ。フェニックスがもう一羽いたか。子供か？　まあ、よい。使い道はある」

ドミニクはピッピめがけて右手を向ける。

「水の精霊よ。呪神の名のもとに、ドミニク・ファラルドが命じる。水弾《ウオーター・バレット》」

目にもとまらぬ速さで、水球が連続で飛ぶ。

急降下中のピッピは、横に滑るように回避して、三つの水球をかわした。

だが、四つ目の水球が直撃した。

一度当たると、五、六、七、八、立て続けに直撃する。

「ビッ」

水球はピッピの羽を散らし、肉を裂いて、骨を砕く。

そのまま気絶して、ピッピは地面に激突した。

ピッピが気絶したことで、炎嵐の魔法は収まる。

「さすがは幼鳥とはいえフェニックス。なかなかの威力の炎嵐だ。肝が冷えたぞ」

言葉とはうらはらに、ドミニクは余裕綽々だ。

「フェニックス。この幼鳥も支配しておけ」

「…………ピイイイ」

父フェニックスはピッピのもとに移動し、口から金属質の呪者を出した。

その呪者は気絶したピッピの頭を覆いつくす。

「手ごたえがないな。ファラルド王国が、これほどもろいとは思わなかったぞ」

ドミニクは勝利を確信して、そう言って笑った。

それを遠くから恐怖に震え泣きながら見ている者がいた。

宮廷魔導師見習いの少年だ。

「……ば、ばけもの」

少年は、口の中だけで、だれにも聞こえない程度の声量でつぶやいた。

なんという魔力量だ。あれだけ大量の水を生成することなんて、宮廷魔導師の誰にもできない。

そのうえ、水流支配の魔法を、大量の水にかけて、数分間も維持するなんて。

宮廷魔導師全員が力を合わせても、同じことはできないだろう。

王も宰相も、守護獣フェニックスも、化け物の手により精神を支配されてしまった。

そのうえ、近衛騎士も、聖騎士も、聖職者も、宮廷魔導師も全員敗れて支配されてしまった。

平和だったファラルド王国が滅びる。それも、たった一日で。

せっかく、問題だった水源の汚染を、聖女様が解決してくださったというのに……。

「……聖女様」

きっとあの化け物を倒すことは、聖女様にも無理だろう。

だが、宮廷魔導師見習いの少年には、他には誰も、抵抗できそうな者を思いつかなかった。

泣きながら、静かに、藁にも縋る思いで、至高神の神殿に向かって少年は走った。

「ん？　まあよいか」

ドミニクは見習いの存在に気づいていたが、見逃した。

今さらなにができるというのか。できるわけがない。

そう考えたからだ。

◇◇◇◇

王都散策した次の日の早朝。

「ふわぁぁぁ」

ふかふかな布団の上で、ミナトは気持ちよく目を覚ました。

「あれ？　ピッピがいない。お出かけかな？」

まだ早朝だというのに、もう出かけたのだろうか。

「……心配だなぁ」

「わふ～……？」「ぴぎ～？」

タロとフルフルは「ピッピはしっかりしているから大丈夫だよ」と言ってくれる。

「そっかな。そうかも？」

宿坊の外で重い棒を振って朝練をしていたジルベルトが、ミナトの起床に気づいて戻ってきた。

「お、ミナト、タロ様、フルフル、起きたか。朝ご飯食べに行くぞ」

「いく～」「わふ～」「ぴぎ～」

ミナトたちはジルベルトと一緒に食堂へと向かう。

いつも、ミナトが起きると、ジルベルトは重い金属の棒を振っている。

そして、一緒に食堂に行って朝ご飯を食べるのだ。

「ジルベルトは毎日棒を振ってるねぇ」

「日課だよ、なまるからな」

「そっかー。今度、剣術を教えてよー」「わふわふ！」

「お、いいぞ？　今日からでもいいぞ」

「やったー」「わっふ〜」

そんなことを言いながら、食堂に到着する。

食堂には聖女一行のみんなと神殿長がそろっていた。

「ミナト、今日はくりーむぱんですよ！」

アニエスが今日の朝のパンを教えてくれた。

「やった！」「わふ〜」「ぴぎ！」

くりーむぱん二個に牛乳、卵を二個使った目玉焼きとウインナー三本と生野菜サラダ。

それが今日の朝食だ。

朝食にしては多いし、五歳児の朝食としてなら、なおさら多い。

だが、ミナトは活動量が多いので、消費カロリーも多いのだ。

このぐらい食べないと大きくなれない。

「おいしいおいしい！」「わふわふ」「ぴぎ〜」

ミナトたちがおいしそうにバクバク食べる姿を見ながら、みんなも朝ご飯を食べる。

それが、ここ最近の日課だった。

「ピッピの分もとっておかないと」

ミナトが自分の分を半分程、サラキアの鞄に入れようとしたので、アニエスが笑顔で言う。

「大丈夫ですよ。ピッピさんの分はこちらに」

「うわぁ！　ありがと！」「わふ～」

ミナトはピッピの分をサラキアの鞄に詰め込んだ。

サラキアの鞄は神器なのでお皿ごと入れてもぐちゃぐちゃになったりしないのだ。


ミナトが朝ご飯をほとんど食べ終わり、ゆっくりと牛乳を飲んでいると、

「大変です！」

慌てた様子の神官が、食堂に駆けこんできた。

あまりにぶしつけだが、あまりにも慌てているので、神殿長は注意しないことにした。

きっと礼儀を守れないほどの緊急事態が起こったのだろうと判断したからだ。

「どうしました？　それにそちらの魔導師殿は？」

神官は見習い宮廷魔導師の制服を着ている少年を連れていた。

少年はアニエスの姿を見ると、必死の形相で語り始める。

「聖女様！　大変なことが――」

「落ち着きなさい。水を飲んでから、ゆっくりと話してください」

「は、はい」

少年は水を一口飲んで、語り始める。

王宮が化け物みたいに強い男に占拠されたこと。

王も宰相も騎士たちも魔導師たちも聖職者もみな敗れて操られてしまったこと。

そして、王室の象徴、フェニックスが二羽とも敵の手に落ちてしまったこと。

少年自身混乱しており、要領を得ない説明も多かったが、アニエスは根気よく聞きだした。

話を聞いて、ミナトは最後にやられたフェニックスがピッピだと気が付いた。

「ピッピを助けないと」「わふ」「ぴぎっ」

ミナトとタロ、フルフルが駆けだそうとしたとき、

「待て！　危険すぎる」

ジルベルトがとっさにミナトの手を摑んで止めた。

「止めないで！　ピッピが大変なんだから！」

そこに、神官が慌てた様子で駆け込んでくる。

「神殿長！　騎士たちと宮廷魔導師たちが神殿を取り囲み聖女を出すようにと」

「王宮を抑えたら次は神殿か。手が早いですね。ヘクトル。指揮を」

落ち着いた様子の神殿長はヘクトルに指示を出す。

神殿にはヘクトル達神殿騎士がいる。近衛騎士や聖騎士に比べて数は少ないが、精鋭だ。

「お任せくだされ。一兵たりとも神殿にはいれませぬぞ。ミナト、タロ様」

そして、ミナトたちの前に膝をつく。

「ミナトとタロ様と過ごした時間は、得難いものでした。お会いできてよかった」

ヘクトルはまるで今生の別れのように言う。

「うん、ヘクトル、気を付けてね」「わふわふぅ」

「いつか至高神様の元で、再会できることを願っておりますぞ」

ヘクトルはミナトとタロの手の甲に口をつけると、走って部屋から出て行く。

ヘクトルを見送るつもりなのか、タロは「わふわふ」言いながら部屋を一緒に出ていった。

「で、どうする。アニエス。神殿を囲む騎士たちの精神支配は解けるか？」

「難しいですね。一人一人解く必要がありますが、数が多すぎます」

「元凶である呪者を倒す方が早いか」

「そうですね。そのためには王宮に突入する必要がありますけど」

アニエスが緊張した笑みを浮かべて言うと、

「囲みを突破して、王宮の壁を越え、聖騎士と近衛騎士と宮廷魔導師を倒す。大仕事ですね」

マルセルも笑った。

アニエスもマルセルも無理だと思っている。だからこそあえて笑っているのだ。

一方、ジルベルトは真剣な表情を浮かべた。

「よし。王宮のことは俺たちに任せろ。サーニャは援軍を呼びに行け」

「なにをいうの。私だって――」

「サーニャが一番足が速い。アニエスとミナト、そしてタロ様を連れていけ」

「………わかったわ。まかせて」

聖女と使徒、神獣をここで失うわけにはいかない。それがジルベルトの言いたいことだ。

ミナトとタロは呪者を相手にしたときは強い。だが、操られた人が相手では勝手が違う。

優しいミナトとタロが操られた人と全力で戦えるとは思えない。

ミナトとタロであっても、敗れることは十分にありうる。

それゆえ精神支配を解くことをあきらめ、援軍を呼ぶ作戦に切り替えたのだ。

それを理解して、サーニャはうなずき、神殿長のことを見た。

「神殿長も一緒に行くよ」

神殿長は、覚悟の決まった笑顔で、ゆっくりと首を振る。

「老いぼれは足手まといです。それに王都から民を逃す指揮を執るものが必要ですから」

「……死なないでよ?」

「わかってます。サーニャこそ」

そのとき、アニエスが言った。

「あれ？　ミナトは？」

「フルフルもいないぞ！」

ジルベルトも慌てる。

ヘクトルがミナトの手の甲にキスしたときまでは腕をつかんでいた。

それからもミナトは、近くにいたはずだった。

タロがヘクトルと一緒に出て行ったことには、皆が気づいていた。

なにせタロはでかい。出て行ったらさすがに気づく。

「あの……そこにいたお子様なら、先ほど普通に出ていきました」

宮廷魔導師見習いの少年が、おずおずといった感じでそうつぶやいた。

「追うぞ！　マルセル！」

「わかった！」

「こうなったら、私も追うわ！」

「先行する！」

サーニャを先頭にして、ヘクトルを除く聖女一行はミナトを追いかけ始めた。


ヘクトルとタロが出て行ったあと、ミナトは気配を消した。

ミナトの気配消しは【隠れる者Lv70】の効果で、完璧だった。

Lv10あれば熟練者なのだ。Lv40で大陸一と称えられる。

そう考えればLv70がいかに規格外かわかるだろう。

一流である聖女一行の皆が、ミナトが消えたことに気づかなくても仕方のないことだった。

少年はこの子供は誰だろうと気になって、気配を消す前からミナトをじっと見ていたので気づけたのだ。

「わふ～？」

神殿を囲む壁に前足をかけたタロが顔を出して外をうかがう。

そのタロの背をよじ登ったミナトも、こっそりと外をうかがった。

「うーん。騎士の人たちには呪者のかけらみたいなのがくっついているかも」

「わふ？」

「そうだね、サラキアの書で確認しよっか」

ミナトは、操られた騎士たちを自分の目で見てから、サラキアの書を開く。

サラキアは、ミナトの目を通じたものしか知ることができないからだ。


【呪者に精神支配された者を助ける方法】

呪者本体を倒そう。それが、もっとも簡単で確実。

呪者が聖獣や人の脳内にいる場合、倒すのは難しい。

その場合は操られている者の両耳に手の指を突っ込んで、神聖力を注ぎこもう。

神聖力を浴びせるだけでも動きを鈍らせることはできるけど、排除はできない。

かけらに取り付かれて操られた者は本体を倒せば救える。
※神聖力を安全に注ぎこむコツ。
ミナトの全ての魔法には神聖力が混じっているが、物理的な作用のある魔法を使うと脳が大変。

魔力を小さな明かりに変換する神聖魔法灯火《ライト》がおすすめ。


「なるほど？　灯火《ライト》の魔法が効果的なんだね。一人一人治すより本体を叩いた方がよさそう」

「わふ」

「そうだね。いこっか！　タロ」

「わふ！」

ミナトを背に乗せて、タロはぴょんと飛び出す。

神殿を囲んでいた操られた聖騎士や宮廷魔導師たちが、一斉にミナトとタロを見た。

「とりゃああ――――！」

タロの足が地面につく前に、背に乗ったミナトが灯火《ライト》の魔法を使った。

灯火《ライト》は神聖魔法の最下級魔法に過ぎない。

「ぐわああああああ！」

だが、ミナトの魔力は４００、神聖魔法のLvは20を超えている。

そんなミナトの灯火の魔法は、尋常ではないまぶしさだった。

それは、まるで太陽が突然出現したかのようだ。

その強烈な光に、ミナトは神聖力を乗せている。

騎士たちに取り付いた呪者のかけらは、ミナトの神聖力を食らって固まった。

それにより、騎士たちも固まり、その場にドサドサと倒れていく。

「……思ったより効果あったね？」

「わふ～」「ぴぎ～」

「時間稼ぎ成功？　王宮にいこっか！」

「わふわふ～～」「ぴぎぴぎ！」

駆けだしたタロの背で、ミナトは王都の異変に気が付いた。

「んー。瘴気が異常に濃いかも？」

民が歩いているのに、喧騒がない。皆黙々と、何をするでもなく歩き回っている。

「わふ～」

「うん、この瘴気、ちょっと嫌な気配がするね」

どんな効果があるのかはわからないが、ただの瘴気ではないのは間違いない。

「瘴気の発生源も王宮だろうし、とにかく急ごう」

ミナトがそういって、タロが加速しようとしたとき、

「神殿から出てきたものよ、止まれ」

「……待て」「……止まれ」「……王宮に近づくことは許さぬ」

前に大勢の民が立ちふさがった。

「……あ、よく見たら、みんな……支配されてる？」

非常に薄いが、民たちから呪いの気配がした。

「きっと、この瘴気の効果かな？」

「わふ？」

「そだね、このままだとまずいから、タロ、全力で王都を走り回って」

「わふ!!」

タロは民たちを飛び越えて、王都を走る。

その背に乗ったままミナトは「とりゃあああああ！」と叫びながら灯火の魔法を使用する。

ミナトの灯火の魔法が周囲を照らしながら、瘴気を払う。

そして、民の中に巣くって支配していた瘴気も消えた。

民たちはゆっくりとうずくまってから、地面に転がっていく。

「騎士たちと民たちは、支配のされ方がちがうっぽい？」

「わふぅ？」「ぴぎっ？」

「なんか騎士たちの方が、強くされているっていうか」

それはかけらを使って支配されているものと、瘴気で薄く支配されているものの違いだった。

「民たちは灯火の魔法だけで大丈夫っぽい？」

「わふ〜」「ぴぎぃ〜」

タロとフルフルは、ミナトのすさまじい洞察に尊敬の念を禁じえなかった。

「タロ、ちょっと王都を走り回ってみて」

「わふわふ！」

王都はすごく広いが、タロはものすごく速い。

あっという間に王都を駆け回り、ミナトが瘴気をほとんど払い終わる。

それにより、支配されていた民もほとんどが解放されて、気を失った。

「あとは王宮だ！」

「わふわふ～」「ぴぎ～～」

タロがまっすぐに走ると、あっという間に王宮の門が見えてきた。

「そのまま突っこんでー」

門番たちが身構えるよりも早く、タロは門に突っ込んでいく。

「わふ！」

タロに体当たりされた門はあっさりと砕け散った。

「わふわふわふ～～」

門を突破したタロはそのまま王宮内を走っていく。

「待て！」「曲者が！」「殺せ！」

操られた近衛騎士や聖職者、宮廷魔導師が攻撃しようとしてくるが、

「とりゃああ！」

ミナトの灯火を食らい、近づくこともできず気絶して倒れていった。

同時に瘴気を吸って精神支配されていた執事や官吏などの非戦闘員も倒れていく。

「こっちに沢山いるっぽい！」

「わふわふ！」

「瘴気払いで時間を使ったから、急がないと！」

「わふ～～」

敵がいるとミナトが判断した方向には王宮の中だというのに壁に囲まれており門があった。

「きっと宝部屋とかだよ」

「わふ～～」

そのままタロは門に突っ込んでいく。

タロが門に激突する寸前、

「あ、アニエスたちだ」

ミナトは後ろからアニエスたちが走って追いかけてきていることに気が付いた。

◇◇◇◇

アニエスたちは近衛騎士や宮廷魔導師たちの囲みを切り開く覚悟で、神殿の外に出た。

「……なぜ倒れてる？」

ジルベルトが走りながら問いかけるとサーニャが答える。

「ミナトでしょ。どうやったのかは後で聞けばいいわ！」

「それもそうだな！」

アニエスたちは街中をかけていく。

ミナトが瘴気を払い、民の精神支配を解いているので、邪魔する者はいなかった。

ミナトを追いかけるのは、アニエス、ジルベルト、マルセル、サーニャとヘクトル。

それに見習い宮廷魔導師の少年だ。

「ぜえぜえ！」

息が上がり始めた少年をジルベルトが肩に担ぐ。

「鍛え方が足りないぞ！　少年！」

「ぼ、僕は魔導師なので」

「魔導師でも走れないと死にますよ？」

尊敬する灰色の賢者マルセルに笑顔でそう言われては何も言いかえせない。

少年は明日から走りこもうと心に決めた。

「もっと、敵がいっぱいいると思っておったのだが……」

「だから、ミナトでしょ！　黙ってついて来なさいよ！」

索敵しつつ先頭を走るサーニャが叫ぶ。

サーニャの優れた索敵能力に敵は全く引っかからない。

それどころか、動いているものがいない。

「瘴気が払われた形跡がありますね！　はぁはぁ」

「それもミナトだろ。黙って走れ！　お前のことは担がないからな！」

口でそう言いながら、ジルベルトはアニエスの手を摑む。

聖女一行でもっとも足の遅いアニエスをフォローするためだ。

聖女一行は、妨害を全く受けずに王宮の門にたどり着く。

「門が壊れているし、門番も倒れてる！」

「それもミナ……いや、これはタロ様だろ！」

聖女一行は、王宮内に入っても全く妨害を受けずにどんどん進む。

「拍子抜け……あ！　タロ様だ！」

サーニャが見つけた直後、タロは門に突進して破壊した。

◇◇◇◇

タロが門を破壊して中に入ると、そこは広い中庭だった。

中庭には整然と並ぶ沢山の騎士と宮廷魔導師、聖職者がいて、一斉にミナトたちを見る。

騎士たちの向こうには三階建ての建物があり、そのバルコニーにドミニクが一人立っていた。

「あれが一番悪い奴だ！」

「なぜ、ガキと犬がここに？」

ドミニクが戸惑ったのは一瞬だ。即座に誰であろうと殺せばいいと判断する。

「殺せ！　捕らえなくてもよい！　命を懸けて殺せ！」

ドミニクがそう叫んだころ、聖女一行と見習い魔導師は中庭にたどり着いた。

「ああ、こんなにも精鋭の騎士と宮廷魔導師たちが……」

ジルベルトの肩から降ろされた見習い宮廷魔導師の少年が、絶望の声をあげる。

少年は騎士がいかに強いか、宮廷魔導師たちがいかに優れた魔導師か知っているのだ。

一人一人は聖女一行の方が強くとも、これだけ数の差があれば、勝てるわけがない。

「くらえ～」

そこにミナトの気の抜けた声が響く。同時にミナトの灯火の光が周囲を照らす。

すると騎士たちはなすすべなく、バタバタと倒れていった。

「あぶなかったねー」「わふ～」

ミナトはそういうとタロの背中から降りる。

「ピッピを返せ！　ゆるさないからな！」

ミナトはバルコニーの上の男、つまりドミニクが一番の悪者だと直感で見抜いていた。

ドミニクはミナトの言葉に反応しない。

「……………なんという魔法……聖者？　いや使徒か。その犬もただものではないな」

「「ピイイイイイ」」

「フェニックス、焼き尽くせ！」

ピッピとその父が、ドミニクの後ろから現れて、空高く飛び上がる。

「灯火じゃたりないね。タロ、みんなを守りながら、何とか捕まえて」

「わふ」

ピッピたちは騎士たちよりも入念に精神支配を施されていた。

だから、灯火で照らすだけでは足りないと、ミナトは判断した。

「フルフルは好きに動いて」

「ぴぎ」

ミナトの指示が終わると、ピッピとピッピの父が全身に炎をまとって急降下してくる。

フェニックス一羽でも、聖女一行の全力で何とか戦えるかどうかというレベルの強さだ。

それが二羽同時。勝ち目などない。絶望的だ。

「氷の精霊よ、マルセル・ブジーが助力を願う、氷壁《アイス・ウオール》！」

マルセルがとっさに防壁を張る。

離れたミナトたちを覆えるほどの防壁は、マルセルにも無理だった。

聖女一行だけをギリギリかばうだけの防壁だ。それでも聖女一行を守り切れるかわからない。

「わふ」

死を覚悟した聖女一行の前にタロが立つ。

「わふううううう！」

タロは大きな声で吠えると、炎をまとったままピッピ親子が一瞬びくりとした。

神獣であるタロが本気で吠えると、声に神聖力が混じるのだ。

その神聖力をまともに浴びて、ピッピ親子の中に巣くう呪者が一瞬硬直したのだ。

「わわふ」

そして、飛んできたピッピ親子を、ペシペシっと両前足で一羽ずつ押さえつけた。

押さえられたピッピ親子は「ピィイ」と鳴きながら、炎を全身から出しつづける。

「タロ、ありがと！」

タロの背から降り、炎をまとうピッピに近づくミナトをみて、アニエスはとっさに叫ぶ。

「危ない！　離れて！」

次の瞬間、ピッピ親子がまとう炎が、爆発するかのように膨れ上がりミナトを飲み込む。

ドミニクも聖女一行と少年も、ミナトが即死したと思った。

あれだけの炎を浴びれば、人体は一瞬で炭になる。それほど強い炎だった。

「ミナトオオオオオオ！」

ジルベルトが叫び、

「ああ、ミナト……まだ助かります、助かるに決まっています！　すぐに治癒魔法を――」

アニエスが泣きそうになりながら、ミナトに駆け寄ろうとして、

「聖女！　危険ですぞ！」

ヘクトルに押さえられる。

「ふはははははっは！　間抜けな使徒がいたものだ！　あっさり焼け死んだぞ！」

そしてドミニクが勝利を確信し嬉しそうに叫んだ。

「えい！」

だが、その次の瞬間、周囲を強い光が包み込み、炎が収まった。

「これでよしっと」

そこには右手の指をピッピの耳に、左手の指をピッピの父の耳に突っ込んだミナトがいた。

やけどした様子もないし、服も髪も焦げていない。

指先がまだ光っているので、まだ灯火の魔法の使用継続中だ。

「フェニックスの耳ってどこかわかりにくいねぇ？」

「わふ〜」

炎の中、ミナトはピッピ親子に近づいて、耳に指を突っ込んで灯火の魔法を使ったのだ。

「ど、どうして？」「なんでもないのか？」

アニエスとジルベルトの問いに、

「ん。大丈夫！　僕は火には強いの！」

そういって、ミナトはどや顔をする。

ピッピと契約した際に得た【火炎無効】のスキルの効果だ。

「ば、化け物が……」

ドミニクがミナトを見てつぶやいた。

それを聞いた少年が目を見開く。

化け物みたいに強いと自分が恐れたドミニクが、この子供を化け物だと恐れているからだ。

「ゆ、許さぬぞ！」

「うるさい。少し黙ってて！」

ミナトはドミニクを無視して、ピッピ親子の治療を続ける。

しばらく灯火の魔法を使っていると、ピッピは口からどろりとした呪者の死骸を吐き出した。

それは腐ったヘドロのような悪臭を放っている。

「ピ、ぴぃ……」

「あ、ピッピ、気が付いた？」

「……ぴぃ」

「謝らなくていいよ。僕の方こそ遅くなってごめんね？」

そういいながら、ミナトはピッピに治癒魔法をかける。

そして、空いた右手の指をピッピの父の耳に突っ込んだ。

「ぴ……」

「うん。お父さんも大丈夫だけど、ちょっと待ってね。呪者がしつこくて」

「ぴ、ぴぃ。ぴぃぃぃぃぃぃぃ」

ピッピは「父さんは死んだと思ってた」と言って、安心して泣いた。

そのとき、ピッピが吐いた呪者の死骸だと思われたものが、じわっと気化しかける。

「あ、まずい」

思わずミナトはつぶやいた。

「ふん！　詰めが甘いな、使徒よ！　その呪者は死後、瘴気になるのだ！」

ドミニクが自慢げに語り始める。

瘴気と化した呪者を吸いこめば、精神支配されることになる。

「わっわっ、くっさい！」

「使徒を支配せよ！」

瘴気となった呪者の死骸は意思をもって動き、ミナトの頭部を包み込んだ。

「これで我らの勝ちだ」

勝利を確信したドミニクが叫ぶ。

「すっごく臭いなぁ」

だが、ミナトは平然とピッピの父の治療を続けている。

スライムの聖獣たちからもらった【状態異常無効】の効果でミナトに支配は一切効かないのだ。

「な、なぜ、支配できない？」

「ぴぎっ！」

困惑するドミニクをしり目に、フルフルがミナトの頭の上に乗る。

「ありがと、フルフル」

フルフルはミナトの頭部を覆う瘴気を吸収し消化していく。

「臭かったから助かったよー」

「ぴぎ〜」

「なんだと？　なぜ？　スライムごときが……」

唖然とするドミニクをしり目に、ミナトはピッピの父の治療を終える。

「ボオエエエエエエエェェェェ」

ピッピの父は口から大量の呪者の死骸を吐き続ける。

死骸の分量は異常で、ピッピの父の体積の数倍を超えている。

「大丈夫、全部吐いちゃってね」

ミナトはピッピの父の背中を右手で撫でて、介抱する。

「ええい！　聖女に憑りつけ！」

ミナトを支配できないと察したドミニクが瘴気に命じるも、

「ぴぎぃ〜〜」

フルフルが、ピッピの父が吐いた呪者の死骸が気化する前に、消化し続ける。

「やっぱり、この呪者の天敵ってスライムかもね」

「ぴぎ！」

「ピッピの見立ては正しかったよ。みんなを助けられたのはピッピのおかげだよ」

そういって、ミナトは右手でピッピのことを撫でた。

「ぴぃぃぃぃ」

ピッピはありがとうといって泣き続けた。

ミナトなら、適切に対応できれば、【状態異常無効】がなくとも何とかなっただろう。

瘴気になるはしから、浄化していけばいいだけだ。

だが、今回のように、手がふさがっている場合がある。

ミナトが手を離したら誰かが死んでしまうような緊急性の高い救命措置をしている時もある。

その場合、救命を中断することができず、ミナトが支配されていた可能性だってあるのだ。

だからこそ、ピッピは【状態異常無効】にこだわっていた。

「ふざけるな、ふざけるなよ？　貴様らさえ、いなければ……」

「大丈夫？　水飲む？」

ミナトはドミニクのことを無視して介抱を続けている。

そうしながら小声でつぶやく。

「……フルフル」

「ぴぎっ？」

「おかしいんだ。呪者の本体がいないっぽい」

「ぴぃぎ～」

ミナトはピッピの父に呪者の本体が憑りついていると思っていた。

だが、どうも様子がおかしい。

「ちょっと探してくれる？　あと、他に人質がいたら助けてあげて」

「ぴぎっ」

フルフルは、ドミニクに気づかれずにこっそり姿を消した。

一方、ドミニクはタロの隙をうかがっていた。

ミナトが介抱に夢中になっていても、タロにじっと油断なく睨まれているので逃げられない。

攻撃を仕掛けようにも、その隙が無い。

(なんだこの犬は……圧倒的な強さ……まさか神獣か？)

ドミニクはタロの正体に思い至った。神獣だとしてもここまで強いものなのか？

使徒も強い。厄介な能力を持っていて、非常に面倒だ。

だが、おそらく神獣であるこの犬の強さはいったいなんだ。

強力な聖獣フェニックス二羽を、赤子の手をひねるかのようにあしらった。

倒し方がわからない。

ドミニクはタロを睨みつけながらつぶやいた。

「……だが、俺にも切り札がある」

「わふ？」

ドミニクは背後から、金色の箱を取り出して開いた。

「ドミニク・ファラルドが命じる。皆殺しにしろ」

「グアアアアアアアア！」

箱の中から王都中に、咆哮が響き渡る。

咆哮しながら箱から姿を現したのは、赤い幼竜だ。

中型犬ぐらいの小さな体から、圧倒的な魔力をほとばしらせている。

「タロ、相手をお願い！」

「わふわふ!!」

幼竜はこの場で最も強いタロ目掛けて攻撃を開始する。

幼竜の魔法の威力は尋常ではないのに、支配されているためか精度が低い。

その強力な魔法が周囲にばらまかれることになる。

「わふっわふっわふぅ〜」

タロは幼竜の魔法を一つ一つ、丁寧に全部魔法で迎撃する。

近くに飛んできた魔法は前足でバシッと消し飛ばした。

中庭には気絶した騎士たちがいる。他にも王宮内には沢山の非戦闘員がいる。

王都にも守るべき民たちがいる。

一つでも撃ち漏らすわけにはいかなかった。

「なんという……」

タロと幼竜の戦いを見た少年がつぶやいた。

なんと圧倒的な魔法だろう。そしてなんと美しいのか。

自分の実力からあまりにもかけ離れた魔法の応酬に、少年は恐怖より感動を覚えていた。

「なんという……」

少年と同じ言葉をドミニクもつぶやいた。

呪神の使徒から切り札として託された古代竜でも神獣には届かないのか。

一見互角に見えるが、それは神獣が周囲の雑魚を守りながら戦っているため。

それに、神獣は古代竜すら助けようとしている。

そうでなければ、古代竜は今頃殺されているはずだ。

「……弱点はあいつか」

神獣は使徒より戦闘力が高い。

だが、神獣は使徒の指示を聞いている。使徒を人質にとれば、神獣を御せる可能性が高い。

古代竜にいる呪者の本体を使って神獣を支配できれば、この国を、いや世界を滅ぼせる。

その時には呪神の使徒よりも、神の愛を得ることができるに違いない。

そうなれば、自分が呪神の使徒だ。

ドミニクはにやりと笑うと、高速かつ小声で詠唱を開始する。

「……水の精霊よ。呪神の名のもとに、ドミニク・ファラルドが命じる。水生成《ウオーター・クリエイト》、水流支配《ウオーター・ドミネーション》」

精霊への一度の命令で、二つの魔法を行使する二連続魔法。

歴史上の賢者と呼ばれた者の中でも選ばれし者だけが使えたという超難易度魔法だ。

「え？」

二連続魔法に気づいた少年が、驚愕に目を見開き、

「風の精霊よ、マルセル・ブジーが助力を願う――」

灰色の賢者マルセルが高速で対抗詠唱を開始するも一手遅い。

大量の生成された水がミナトを襲う。

騎士たちと宮廷魔導師たち、聖職者たちをまとめて戦闘不能にさせた大魔法だ。

自分が狙われていることに気づいたミナトが、

「ピッピ！　アニエス！　ピッピのお父さんをお願い！」

そう叫びながら、大きく飛んで避けた。

だが、水の塊はミナトを追いかけ完全にとらえる。

「ごぼろごぼごぼぼごぼごぼ」

「ミナト！　すぐに助けます！　炎の精霊よ！」

マルセルが対抗魔法の種類を変えて助け出そうとし、

「ヘクトル！　サーニャ！」

「うむ」「了解」

ジルベルトとヘクトルが、タロのわきを駆け抜け、ドミニクに向かう。

そして、サーニャは目にもとまらぬ速さで矢を放つ。

「風の精霊よ。呪神の名のもとに、ドミニク・ファラルドが命じる。風嵐《ウインド・ストーム》」

「三つ目？」

少年が驚愕する中、ドミニクは三つ目の魔法を発動させる。

暴風が矢をそらし、ジルベルトたちを足止めする。

「神獣よ！　使徒の命が惜しければ、抵抗するな！」

「わふ？」

タロは首をかしげると、幼竜の放った上位魔法を魔法を使って撃ち落とす。

「聞こえぬのか！　抵抗するなと言っている！」

「わぁう？」

タロは首をかしげて、べしっと幼竜の放った最上位魔法を前足で叩き落とした。

「使徒がどうなってもいいというのだな！」

「わふ～？」

タロが全く抵抗をやめないので、ドミニクは焦り始めた。

「使徒の亡骸をみて後悔するがいい！」

その間もミナトは巨大な水球の中でおぼれ続けて……。

「ごぼごぼごぼ《どしょっかな》？」

いなかった。

湖の精霊メルデからもらった【水攻撃無効】の効果で、ミナトは水中でも呼吸できるのだ。

水中に溶けている酸素を、ミナトは普通に取り込めるのである。

それをタロも知っているから「このおっさんは何言ってるんだろう？」と思っていた。

「ごぼごごぼぼぼぼ《うーん。あの小さい竜も聖獣だから保護しないとだし》」

ミナトは水球の中で、腕を組み、胡坐をかいて、冷静に考えていた。

幼竜はとても強い。タロでも皆を守りながら、かつ幼竜を傷つけずに無力化するのは難しい。

「ごぼごぼごぼ《そうだ》！」

幼竜に命令しているのはドミニクだ。なら、あのドミニクとやらを倒せばいい。

きっとドミニクを倒したら、命令が途切れて、一瞬混乱し固まるに違いない。

「ごぼ《タロ》！　ごぼごぼごぼぼ《隙を作るね》！」

「わふ！」

ミナトは水魔法を使う。

「ごぼ《えい》！」

自分を覆う水球の支配権を奪い取り、

「とりゃあああ！」

その水を使って、ドミニクにぶつける。

メルデと契約したミナトの水魔法のLvは１２７に達していた。

ドミニクの水魔法のLvも高いが、ミナトのLvとは比べ物にはならない。

「なに！　ぐおおおお！」

自分の水に押し流され、ドミニクは混乱しながらも、水生成の魔法を解除する。

水球から解放されたミナトは地面に着地すると、

「ほわあああああ！」

地面を走り、争うタロと幼竜との間を駆け抜ける。

ほとんど凹凸のない壁を、ドミニクのいる三階まで駆けあがった。

ミナトにはヤギからもらった【登攀者Lv20】がある。

だから、わずかな凹凸があれば、ヤギのように駆けあがることができるのだ。

「なにいい！」

水を消し去り次の魔法を準備していたドミニクは、眼前に急に現れたミナトに驚愕する。

「くらえええええ！」

ミナトのパンチがドミニクの顔面に突き刺さった。

ミナトのパンチはただのパンチではない。

猪からもらった【突進Lv30】の速度に、熊にもらった【剛力Lv45】の力が加わる。

たとえ体重の軽い五歳児のパンチであっても、ものすごい威力だった。

「ぶべえええ！」

ドミニクは数十メートル吹っ飛んでいく。

「タロ！」

「わふ〜〜〜」

ドミニクが気絶したことで、幼竜が一瞬固まった。

その隙をタロは見逃さず、ジャンプして空中の幼竜を咥え、ミナトのもとに連れてくる。

「ありがと、タロ」

ミナトは幼竜の耳に指を突っ込む。

「ほわあああ！　灯火！」

ビガーと周囲をミナトの灯火の光が照らす。

そして「ごぼぼぼぼええええええええええ」と幼竜が呪者の死骸を吐き出した。

「ぴぎ？」

そこに人質らしき人を運んで戻ってきたフルフルが「消化する？」と聞いてくる。

「大丈夫。これは本体の死骸だから。瘴気にはならないよ。多分」

「ばう！」

「あ、そうだね、タロ、念のためにお願い」

「わふ〜〜〜わふ〜〜〜〜わふ〜〜〜」

タロは顎を地面につけて、幼竜が吐いた呪者の死骸に、声を当て続ける。

タロの吠え声には神聖力が混じるので、瘴気化を防ぐ効果があるのだ。

すると、しばらくして呪者の死骸は瘴気化せずに蒸発していった。

「ぴぎ〜」

「あ、そうだね。タロ、人質をアニエスのところに連れて行こ」

「わふ〜」

「アニエスに人質を治療してもらわないとだし」

ミナトは幼竜の背中を優しく撫でながら抱っこして、気絶しているドミニクの首根っこを掴む。

「アニエス〜」

そして、ぴょんと三階から飛び降りた。

「わふ〜」

タロも人質を口に咥えてついてくる。

「この人、人質っぽいから、助けてあげて」

そういいながら、ミナトは人質に治癒魔法をかける。

治癒魔法だけでは、全快しない。

だから、ミナトは人質の介抱をアニエスに頼むことにしたのだ。

「多分、訓練された人じゃないっぽいし、体力なさそうだから念のためにもね」

だから優先的に治癒魔法をかけたのだ。

「お任せください。ん？　あ、こ、国王陛下？」

「あ、王様なんだ。ま、いいや。そしてこの人が悪い人だよ」

ミナトはドミニクのことをジルベルトに引き渡す。

「ぴぃ〜」

「あ、ピッピのお父さん、気が付いた？」

「ぴぃぃ」「ぴぃぃぃ」

「お礼なんていいよ、無事でよかったよー」

そういって、ミナトはピッピとピッピの父を順番に撫でる。

「あとは、この子が元気になったら、全部解決だね！」

ミナトは幼竜をぎゅっと抱きしめた。

そうしていると国王が目を覚ました。

「ここは……いや？　フルフル？」

「ぴぎ～？」

「フルフルではないか！」

国王は目の前にいたフルフルを見て驚いている。

「フルフル、知っている人？」

「ぴぎぴぎ～」

フルフルは「知らないおじさんだよ！」と言っている。

だが、王はフルフルのことを知っているようだ。

「王様、フルフルのこと何で知っているの？」

「あなたは……ありがとうございます。操られていたときのことも、朧気ながら覚えております」

王は倒れたままミナトにお礼を言う。

「気にしないで！　それよりフルフルとどういう関係なの？」

「はい。幼いころ、王宮でクーデター未遂があり、一週間ほど下水道に隠れていた際に……」

フルフルに面倒を見てもらったという。

「フルフル、覚えておらぬか？　親友のリッキーだ」

「ぴぎ～～？」

「フルフルがリッキーは子供で、おっさんじゃないって」

「フルフル。あれから何年たっていると思っているのだ。四十年だぞ」

フルフルは、リッキーと会ったのは三年ぐらい前だと言っていた。

どうやら、フルフルは日の当たらない下水道にいたせいで、時間の感覚がおかしいらしい。

「ぴぎ？　ぴぃぎ～～」

フルフルは王のお腹の上に乗ると撫でまわす。

「ぴぎ！　ぴぎぴぎ！　ぴぎ～～～！」

「フルフルが『リッキー、やっと会えた！　元気にしてた？　幸せ？』だって」

「おお、思い出してくれたか。ああ、元気だぞ。幸せだと言っていい」

「ぴぎ～～」

王はフルフルのことをぎゅっと抱きしめた。

終章

幸せなちっちゃい使徒《幼子》と でっかい神獣《子犬》

ドミニクの陰謀を阻止してから、ミナトとタロは王宮で過ごしていた。

王に是非滞在してくれとお願いされたからだ。

それに呪者に支配された被害者が最も多いのは王宮だ。

後遺症があったときのために、ミナトだけでなく聖女一行はずっと王宮に滞在していた。


王宮滞在を開始してからというもの午前中は、

「剣は基本的にこう持つ。だが、ミナトは短剣だから、こうやって持つのがいい」

「こう?」「わふ?」

ミナトとタロは暇なので、ジルベルトに剣術を教わったり、

「神獣や使徒じゃない者が超常の力を借りるためには詠唱が必要です」

「詠唱」「わふぅ」

マルセルに魔法を教わったりして過ごしていた。

午後になると、

「暇だなー。あ、フルフルとピッピのところに遊びにいこうか」

「わふ！」

フルフルとピッピのいる部屋に向かう。

「フルフル、ピッピ、遊びに来たよ！」「わふぅ！」

「ぴぎっぴぎっ」「ぴ〜〜」

ミナトとタロは、フルフルとピッピを撫でたり舐めたりする。

「ぴぃ〜」

すると、毎回ピッピの父が「よく来てくださいました」と丁寧にお礼を言うのだ。

「ピッピのお父さん、体は大丈夫？」

「ぴぴぃ〜」

「そっか、元気ならよかったよ。でも無理はしないでね」

「ぴぴ」

どうやら王室の守護獣としての仕事は、ピッピが代わりにやっているらしい。

「ピッピも偉いねぇ」

「ぴ〜〜」

ミナトはピッピを優しく撫でた後、ぎゅっと抱きしめる。

ピッピの父は、長い間呪者に憑りつかれていた。

憑りつかれていた期間が長いほど、体力の消耗が激しいのだ。

いまのピッピの父の状況は大病を患った後の、病み上がりといった感じである。

心配したピッピは、父とずっと一緒にいる。

ミナトとタロは少し寂しく感じたが、仕方がない。


「おお、ミナト様、タロ様。よくおいでくださいました」

そこに王がやってくる。

「ぴぎぃ～～」

フルフルは嬉しそうに王にぴょんと飛びついた。

再会してからというもの、フルフルは大体いつも王と一緒にいるのだ。

寝るときすら一緒らしい。

ミナトとタロは少し寂しく感じたが、四十年ぶりの再会だから仕方がない。

「うん、リッキーも元気？」

「使徒様のおかげで、支配される前より調子がいいぐらいです！」

王の名前リチャードの愛称はリッキーだ。

王にはミナトが使徒で、タロが神獣だと教えてある。

個人差はあるものの、支配されていたときの記憶はうっすらとあるのだ。

王は比較的はっきりと覚えている方で、ミナトとタロの活躍を覚えていた。

だから、ミナトが使徒でタロが神獣であることは隠しきれなかった。

それゆえ、教えて、協力してもらう方がいいと考えたのだ。

もちろん口止めしているので、他の者がいるところで、王はミナトを使徒とは呼ばない。

「聖竜様は、まだ起きませんか？」

王は古代竜の幼竜を聖竜と呼んでいた。

聖獣の古代竜なので、聖竜でも間違ってはいないのだ。

「うん、まだ寝てる」「わふ〜」

憑りついていた呪者を追い出してから、幼竜はずっと眠り続けていた。

「多分、すごく疲れてるんだよ」

ミナトはサラキアの服の内側に入れてお腹のところで抱っこしていた幼竜を王に見せる。

「何か必要なことがあればおっしゃってくださいね」

「うん、ありがと。でも、静かに寝てるだけだから大丈夫」

幼いとはいえ古代竜。体力は尋常ではない。

それこそ、数年飲まず食わずでも死なないぐらいの体力がある。

「体力が多い分、回復にも時間かかるんだろうねぇ」「わふ〜」

タロがミナトに抱っこされた幼竜をぺろぺろ舐めた。

「……この子は本当にかわいそう」

膨大な体力を尽きさせて、瀕死にしなければ、呪者は憑りつけない。

だから時間をかけて苦しめて体力を削り続けたのだ。

「何年でも眠っていていいからね」

「…………」

ミナトは幼竜をぎゅっと抱きしめる。

助け出してから、ミナトは幼竜と片時も離れていない。

お風呂の時も食事の時も、剣術訓練や魔法の授業の時もだ。

暇さえあれば、タロと一緒に声をかけて撫でている。

「精霊だったら、魔力を分けてあげたりできるんだけど」

「そういうものなのですか？」

「そうなんだ。メルデを助けた時は――」

精霊は物理的な体が本質ではなく魔力が本質だ。

だから、魔力を分け与えることで回復を促すことができた。

「聖獣は治癒魔法が効くんだけど、……体力までは回復できないってアニエスが言ってた」

「そういうものなのですね。さすがはミナト様、お詳しいですね。勉強になります」

「えへへ」

自分の知っていることを語る幼子に対して、感心して、驚いて見せれば喜ぶのだ。

王は幼子に対応するのがうまかった。

王と交流した後、ミナトは与えられた離れへと戻る。

部屋がいくつもあり、タロも過ごせる広い部屋もある立派な離れだ。

聖女一行も、そこに滞在している。

「ミナト、タロ様、おかえりなさい」

「ただいま！　アニエス、今日は早いね！」「わふわふ！」

ミナトは幼児で、タロは犬なので、事後処理しなくていいので暇だった。

だが、アニエスは大人なので、色々やることがあって忙しかった。

神殿騎士の幹部であるヘクトルや、神殿長も忙しい。

サーニャは神殿長の護衛やら調査に駆り出されて忙しい。

ジルベルトとマルセルは、他の者と比べれば暇だったが、それでも、結構忙しかった。

「ひとまず、大まかにですが、無事後始末が終わりました」

「おお～」「わふわふ～」

「ミナトとタロ様は心配なされなくても大丈夫ですが……聞きたいですか？」

「ん、教えて。サラキア様も知っておいた方がいい気がするし」

ミナトが見たり聞いたもの以外、サラキアが知れることは限られるのだ。

「わかりました。まず――」

アニエスは語る。

ドミニクと呪神教団の幹部信徒は、全員捕らえられ、すでに厳罰に処された。

平信徒は全員を捕まえることはできなかった。

だが捕らえられたものは、鉱山送りになったという。

「奇跡的に、今回の騒動による死者はゼロです。けが人は治療済みで、後遺症も特にありません」

「本当によかったね！」「わふわふ！」

街に平和が戻り、王宮の防備も従前以上のものになった。

「民のみんなは？」

「王宮を中心とした騒動だったので、影響は軽微です」

瘴気による精神支配は、かけらを取り憑かせた支配より弱いのだ。

それに、瘴気を吸い込んで、すぐにミナトが助けたので、影響はほぼなかった。

ただ、王宮から神殿に騎士たちが大挙して押し寄せたりしたことには民も気づいている。

だから聖女が大活躍して解決したといううわさを流したのだという。

「僕とタロを目立たせないために、ありがと」「わふわふ」

「いえいえ！　おかげで寄付金が増えましたから！」

そういって、聖女は笑う。


「王都はもう大丈夫そうだね！」「わふぅ！」

「ミナトとタロ様は、やはり旅を続けられるのですか？」

「うん！　世界中の困っている聖獣とか精霊を助けないとだし」

「わふわふ！」

「それで、えっと」

「ええ、わかっていますよ。事件のせいで少し遅れ気味ですが、今情報を集めています」

「ありがと！」「わふ～」

王宮と神殿が、協力して精霊や聖獣の情報を集めてくれているのだ。

近いうちに、ミナトとタロは王都を出立することになるだろう。

「……あ、そうだ！　神像を作ろう！」

「わふ！」

「ね、いい考えでしょ！　お守りになるからねぇ」

「わふわふ！」


その日から、ミナトとタロは一生懸命、神像を作った。

ミナトの神像作りの腕前はどんどん上達している。

もう、サラキア像を見ればサラキアが美少女だと分かるぐらいになった。

「タロもうまくなったねぇ」

「わふわふ！」

タロは嬉しそうに尻尾を振った。

タロの作る至高神像には、首の部分ができていた。

さらに三日後、隣の国に暴れている聖獣がいるという情報が入って来た。

「暴れている……きっと、何か事情があるんだね」

「……わふ」

「もう少し時間をかければ、もっと詳しい情報を手に入れて見せますが……」

アニエスが心配そうに言うが、

「大丈夫、ありがと！　急いだほうがいいし！」「わふわふ！」

そして、ミナトは早速次の日、出発することになった。


出発することを決めたミナトとタロはまずピッピとフルフルのもとへと向かう。

「ピッピ！　フルフル！　王様とピッピのお父さんもそろってるね！」

「ぴ〜？」「ぴぎ？」「あ、ついに発たれるのですね」「ぴぃ〜」

精霊聖獣の情報を神殿と一緒に集めていた王はミナトが何を言いに来たのか理解したようだ。

「うん。早速だけど、明日王都を出発することにしたんだ」「わふ〜」

「ぴ〜？」「ぴぎっ」

「うん、急だけど、困ってる聖獣がいるっぽいからね！　詳しいことはわからないけど」

「ぴ〜〜」「ぴぎ〜〜」

「え？　一緒に来てくれるの？　大丈夫？」「わふ？」

ピッピは父と、フルフルは王と仲良く暮らした方がいいとミナトは思っていたのだ。

「ぴぃ〜」

ピッピの父は「回復したから大丈夫」と言って、ミナトとタロに頭を下げる。

「ぴぴぃ。ぴぃぴぃぴぴぃ」

ピッピの父は静かに語る。

幼いピッピは、使徒とともに旅をして成長するべきなのだ。

もし、ご迷惑でなければ、連れて行ってほしい。

そういうと、ピッピの父は改めて頭を下げた。

「ピッピは本当にそれでいいの？」

「ぴ！」

ピッピは力強く返事をした。

「じゃあ、よろしくね」「わふ」

ミナトとピッピ親子が話している間、王とフルフルも話していた。

「フルフル、本当に行ってしまうのか？」

「ぴぎ〜〜」

「なんといっているのかわからぬが……さみしくなる」

「ぴぎぴぎ」

王はぎゅっとフルフルを抱きしめる。

「ぴぃ〜〜ぎぃ〜」

フルフルが鳴くと、「ぴぎ?」と鳴きながら、小さなスライムが一匹やってくる。

「あ、スライム十二号！　フルフルが呼んだの？」

それは聖獣スライムの一匹だ。

「ぴぎぴぎ～」

「えっと、フルフルがいうには、リッキーのお世話をするために一匹強いのを呼んだんだって」

「フルフル……私のためにそこまで……」

「ぴぎ～～」

ミナトがフルフルの言葉を伝えると、王は目に涙を浮かべた。

「あ、そうだね、ピッピのお父さんとも契約しよっか。名前何がいい？」

「ぴぃ～？」

「ぴぴぃ～」

「番号型と、そうじゃないやつがあるけど」

「ぴぃ～」

「ピッピに似た感じがいいの？　むむう。じゃあ、パッパで」

ピッピの父だからパッパ。

ミナトにはネーミングセンスがなかった。

「ぴ～～」

だが、パッパは大喜びで、ミナトと契約を済ませたのだった。

その日の夜は、王と神殿長、そして聖女一行とミナトたちは一緒にご飯を食べることになった。

「ミナト！　ついに完成したの！」

「いいものができたと自負しておりますが……お口に合えばいいのですが」

サーニャがニコニコと、神殿長が少し不安げに、食卓に持ってきたのは、

「あ、パンだ！」「わふわふ！」

「そう、中には小豆を甘く煮て作ったあんが入っております」

「おおお！」「わわふうふふ！」

それは、この世界に誕生したばかりのあんぱんだった。

「た、たべていい？」「わ、わふ？」

「もちろんです！」

ミナトとタロは異世界あんぱんにかぶりつく。

「もぐもぐもぐ……」「わむわむわふ……」

「どうでしょう？」

「おいしい！」「わふぅ！」

「おお！」

神殿長はほっとした様子で、やっと笑顔になった。

「本当においしい！　うわぁ、おいしい」「わふわふ！」

ミナトとタロは語彙力がないので、おいしいとしか表現する能力がなかった。

だが、パンは柔らかくて、バターの香りがしてほのかに甘い。

餡は粒がしっかりしていて、それでいて柔らかく、甘さ自体は少し控えめだ。

パンの甘さと餡の甘さは、調和がとれており、最高のあんぱんに仕上がっていた。

「あ、こっちはこしあんだ！」「わふっわふ！」

こしあんぱんも、粒あんぱんに負けないおいしさだ。

餡はしっとりしていながら、ずっしりしていて、上品な甘さで、いくつでも食べられそうだ。

「ミナト様がおっしゃっていた、ホイップクリームをいれたあんぱんも用意しておりますぞ」

「おお！」「わわふ！」

ジルベルトたちもあんぱんを食べる。

「うまいな」

「でしょ！」「わふ！」

ミナトとタロは、なぜかどや顔で胸を張った。

「こちらは、あんにバターを乗せて包んでおります」

「おおお！」「わわわふ！」

ミナトとタロは大喜びで沢山あんぱんを食べた。

異世界あんぱんは本当においしくて、ミナトとタロは幸せな気持ちになったのだった。

次の日の早朝。日が昇る直前。

ミナトとタロ、ピッピとフルフルは、王宮を出発することになった。

大きいタロがあまりにも目立つので、民がまだ起きていない時間に出立することになったのだ。

「じゃあ、行ってまいります」

ついていくのが当然といった様子で、アニエスたち聖女一行が旅装をして準備している。

聖女一行はこれまでも、神託に従い各国を旅して問題を解決してきたのだ。

「ミナトとタロ様を頼みましたよ」

神殿長はしっかりとアニエスたちに言い含める。

王宮に滞在している間に、神殿長も、ミナトのことを呼び捨てするようになった。

そうするよう何度もミナトがお願いしたからである。


王はタロに抱き着き、それからミナトを抱きしめた。

「ミナト様。タロ様。我が国は御恩を永遠に忘れませぬ。我が国にできることがあれば、いつでもなんでもおっしゃってください。全力で協力するとお約束します」

王は小声で、ミナトとタロにそう言った。

「ありがとう」「わわふ」

「これは私とミナト様との約束ではなく、ファラルド王国とサラキア様、至高神様との約束です」

そう王は真剣な表情で言った。

「ミナト、タロ様。お土産です、旅の途中でお召しあがりください」

神殿長が用意してくれたのは、大量のあんぱんとくりーむぱんだった。

それぞれ五十個ずつある。

「ありがとー、すごくうれしい」「わふ～」

ミナトはその菓子パンを全て、神器サラキアの鞄に詰め込んだ。

これで、あんぱんとくりーむぱんが腐ることはない。

いつでもふわふわのあんぱんやくりーむぱんを、食べることができるのだ。

「あの、ミナト、タロ様。このパンを売りに出してもいいでしょうか？」

「もちろん！　広まった方が、僕も沢山食べられるからうれしいし」「わふ」

「ありがとうございます。なるべくはやく各地の神殿で買えるようにしますね」

ミナトと神殿長が、菓子パンについて話し合っている間、

「ぴい～」「ぴ～～」

ピッピとパッパは別れを惜しんでいた。

パッパは「しっかりお仕えするのだぞ」と言いながら、くちばしで羽繕いする。

「ぴぃぴ～」

ピッピは「体に気を付けてね」と言っていた。

そして、王とスライム十二号はフルフルとの別れを惜しむ。

「ちゃんと王都に戻ってくるのだぞ」「ぴぎ～～」

十二号は「王都はまかせて！　使徒様をよろしくね」と言っている。

「ぴぃぎぃ～」

フルフルは「任せて！」と力強く言った後、ミナトのところにやって来た。

「ぴぃぎ」

「ん、いいよ。通訳してほしいんだね」

「ぴぃぎ～ぴぎぃ」

「リッキー。お腹出して寝たらダメだよ」

ミナトが通訳すると、王はぎゅっとフルフルを抱きしめる。

「うん……これからはフルフルがお腹を温めてくれないものな」

「ぴぎぃ～～」「落ちてるものを食べたらだめだよ」

「そんなことしないよ。それは、五歳の時に一度だけだよ」

「ぴぎぴぎぃ～」「ちゃんと寝ないとだめだよ。好き嫌いしないでちゃんと食べてね」

フルフルは四十歳を超えた王に、五歳児に対するようなことを言う。

王が五歳の時。死にかけていたフルフルに幼い王はご飯を分けて助けたのだ。

だが、それから一週間、五歳の王が下水道で生き延びられたのはフルフルが面倒を見たからだ。

王が死なないよう、お腹を温め、変なものを食べないよう、食料を探し、水を浄化したのだ。

フルフルの中で王はまだ面倒を見ないと死んでしまう子供のままだった。

フルフルも頭では王はもう大人で、拾い食いとかしないことぐらいわかっている。

だが、親にとっていつまでも子供が子供であるように、フルフルにとって王はまだ幼児だった。

「フルフル。もう私には大きな子供だっているのだよ。そんな心配してくれなくても」

「ぴぎ〜」

「だが、ありがとう」

王はフルフルを抱きしめて、声をあげて泣いた。


別れを済ませ、ミナトたちは王宮を出る。

王都から出る直前、振り返ると王宮の壁の上に王と神殿長、パッパとスライム十二号がいた。

ミナトは王たちに向かって手を振って、王都から外に出る。

ミナトとフルフルはタロの背中に乗り、聖女たちは馬に乗り、ピッピは上空を飛んでいる。

幼竜はミナトの服の中で眠ったままだ。


「次に行く隣の国ってどんなところ？」

「そうですね。寒い国です」

アニエスが笑顔で言う。

「寒いの？　夏なのに？」

「ええ、ここより北にあるのに加えて、標高が高いんです」

「へー楽しみだね」「わふ〜」

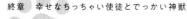

そのとき、ミナトの服の中で、幼竜が少し動いた。そんな気がした。

◇◇◇◇

その者は全く印象に残らなかった。

顔も体格もわからない。老人なのか子供なのか男なのか女なのかもわからない。

姿を見ても、記憶できないし、判断できない。

そして、それを不自然と思うことすらできなかった。

それは呪いの一種だ。


その者は呪神の使徒だった。

呪いを纏った使徒は、ファラルド王国の隣国、その最高峰に立っていた。

標高八千メートルを超えた空気の薄い極寒の地に呪いの核を埋め込んでいく。

「ありがとうございます。使徒様。これでこの地は呪いに包まれるでしょう」

そういったのは呪神の導師だ。

「長い間かけて育てた子《ドミニク》が、使い物にならなくなっちゃったし」

使徒は、ドミニクが幼い頃から、密かに接触し、親しくなって影響を与えてきた。

幼子の性格など、呪神の使徒の手に掛かれば、どうにでも変えることはできる。

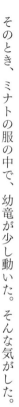

「ドミニクにはずば抜けた魔導の才があったんだけどね」

だから扱いやすいように性格を変え、思想を植え付けた。

ドミニクは自分の意思で呪神の導師になり、王に叛旗《はんき》を翻したと思っていた。

だが、全ては呪神の使徒の手のひらの上だった。

「ま、暇つぶしにはなったよ。でも、あれが人の限界かなぁ」

そういって、呪神の使徒は足元を見る。

そこには巨大な氷竜の王が、呪いの鎖に縛られて倒れていた。

呪神の使徒と戦って敗れた、この高地を治める強大な竜である。

「契約？　ってのもやってみたいし」

「や、やめるがよい！」

「安心してよ。すぐにそんな思いは消え去るから」

呪神の使徒の右手から金属光沢を持つヘドロのような呪いの塊が現われる。

「や、やめろおおおおお！」

具現化した呪いの塊は氷の竜の目と耳から体内へと侵入していく。

それを見ながら、使徒は楽しそうに笑った。

「精霊や聖獣との契約ってのを、やってみたくてね」

サラキアがミナトの目を通じて世界を知るように、呪神は呪者の目を通じて世界を知る。

呪者と戦ったミナトの姿を、呪神は見た。

「聖獣と精霊の力を借りられるってすごいよね。このままだと負けかねないし」

呪神からの神託で、ミナトを知った呪神の使徒は対策を練り始めたのだ。

「同様の契約は出来ないけど、呪いを使えば、力の一部を吸収できるからね」

呪神の使徒は呪いを疑似契約として利用しはじめたのだ。

「うがあああああ……」

「これでよしっと。おお、凄い力がわいてくるよ」

氷竜の王を呪ったことで、呪神の使徒のステータスが跳ね上がった。

「お前たちにも力を分けてやろう」

使徒はそういうと、近くに居た導師の額に手を乗せた。

「お、おおおおお、力が、湧いてきます」

「それは良かった」

導師を呪うことで、力を分け与えたのだ。

「後は任せたよ」

「使徒様は？」

「そうだねえ、適当に精霊か聖獣でも呪いに行くさ」

そういうと、呪神の使徒の姿は見えなくなった。

番外編

サラキアと至高神

ミナトとタロが異世界に転生した直後。

サラキアはミナトを送り出した場所の様子が想定と違っていたことに気づいた。

「え？　なんで？　コボルトたちは？」

優しいコボルトたちが居ないし、代わりに呪者が沢山居た。

ちなみにコボルトは二足歩行で人語を話す犬のような種族だ。

「ちゃんと調べないからこういうことになるのだ。今後は――」

「はあ？　なに他人ごとみたいに言ってるの？　聖女がいるパパが調べておくべきでしょ？」

「ぐ、ぐぬぬ」

「なにが、ぐぬぬよ。私に聖者がいたのは十年以上前なのよ」

「それは……そうだが」

「それに、パパだって、そこでいいって言ったじゃない」

「そ、そうだっただろうか」

「そうよ！　もうしっかりしてよね！」

「ぐぬ」

愛娘に叱られて、至高神は言葉に詰まる。

実際、うっかりしていたのは否めないからだ。

「人里から離れた場所に送り込んだことが、あだになったわね」

前世においてミナト達は大人達に酷い目に遭わされた。

人間不信になっていてもおかしくない。

だから、いきなり人の多い場所に放り込んだら、良くないことになると考えたのだ。

怯えて逃げだすかもしれないし、警戒するあまり力が暴発するかもしれない。

そんなミナトを守ろうとタロが暴れたら、大変なことになる可能性だってある。

「みているかんじ、そんな懸念は必要なさそうだな？　素直なよい子だ」

タロの目を通じてミナトを見ていた至高神がうんうんとうなずいた。

「人と会ってないから、まだわからないでしょ？」

サラキアがそういうと、至高神はどや顔をした。

「いや、わかる。なぜならわしは至高神だからだ」

「あっそ。そうだといいのだけど」

サラキアはうさんくさいなと思ったが、つっこむのを止めた。

至高神はこう見えてもっとも力のある神の一柱だ。

人の性格を見抜くこともありうるだろう。

「まあ、ミナトはいい子だと思うし、心の傷も負ってないように、私にも見えるわ」

「奇跡だなぁ」

「タロのおかげかもね」

タロがずっと寄り添っていたからこそ、ミナトは孤独ではなかった。

人間不信にもならず、この世を憎むこともなく、ひねくれたり絶望したりもしなかった。

「犬は徳が高いからなぁ」

「そうね、それは同意……はっ！」

そのとき、サラキアは対策を思いついた。

「ミナトが人間不信でないのならば、パパの聖女を送ってよ」

「え？　アニエスを？　えー、どうかなぁ」

「なによ、聖女アニエスなら、ミナトを可愛がってくれるでしょ」

「それはそうだが……」

「気になることでもあるの？」

「えっとだなぁ。アニエスとその仲間達だと……万が一がある」

「呪者に負けるってこと？」

「そう。一対一ならともかく、ミナトとタロの周りにいる呪者の数が多すぎる」

「はぁ……。つくづく、送り込む場所を間違えたわ」

サラキアはしばらく、何年かはのんびり過してもらうつもりだった。

優しいコボルトたちに大切に育てられ、世界の常識や生活の知恵などを教えてもらう。

そうして、一人前になってから、聖獣や精霊を救う旅に出ればいい。

そう考えていた。

サラキアが頭を抱えていると、

「サラキア、サラキア！　見ろ！　ミナトとタロが像を造っているぞ」

至高神がはしゃぎ始めた。

「ああ、神像製作ね。瞑想になるし、魔法の修行の一つとして書いておいたのよ」

そう言いながら、サラキアは神像製作の様子を眺めた。

「可愛いわね。粘土遊びしているみたい」

「ミナトは五歳の割に上手いな」

「そりゃあ、私の使徒だもの。タロも楽しそうね、可愛い」

ミナトの横で、タロも一生懸命粘土をこねている。

そのまま、二柱で神像製作の様子を眺めていると、

「…………あ、あれパパの像なんだ」

タロがミナトに至高神の像を造ったと自信満々に告げた。

「……わし、あんななのか？」

「…………雰囲気は似ているかもしれないわね？」

曲線の一部が似ていると強弁することは可能かも知れなかった。

「まるで今朝タロがしたうんち……。わしあんな風に見えていたのか」

至高神は灰色の髭と髪をもつ、ものすごく渋くて格好いい中年男性の姿だ。

「まあ、タロは不器用なのよ」

サラキアは、ミナトが「至高神は犬のうんこみたいなんだなあ」と思ったことに気づいた。

だが、父が可哀想なので言わないことにした。

あとがき

はじめましての方ははじめまして。

作者のえぞぎんぎつねと申します。

アース・スターノベルでは二作目です。

前作は第3回アース・スターノベル大賞で入選をいただいた『若返りの錬金術師 ～史上最高の錬金術師が転生したのは、錬金術が衰退した世界でした～』でした。

どうか『若返りの錬金術師 ～史上最高の錬金術師が転生したのは、錬金術が衰退した世界でした～』もよろしくお願いいたします。

ところで、私、えぞぎんぎつねは主にｗｅｂ系で活動しているラノベ作家なのですが、実は異世界転生ものを書いたことはありませんでした。

本作『ちっちゃい使徒とでっかい犬はのんびり異世界を旅します』は、初めての異世界転生ものです。

読者としては異世界転生ものは面白くてよく読んでいたので、書くことが出来てうれしいです。

本作は、現世で不幸だった少年ミナトが、愛犬タロと一緒に異世界に転生して、一緒に幸せになるお話です。

ミナトもタロも不幸にはならないので安心してください。


最後に謝辞を。

イラストレーターの玖珂つかさ先生。素晴らしいイラストをありがとうございます。

タロの大きな子犬という難しいオーダーに完璧に応えてくださいました。

とても可愛くて、お気に入りです。ミナトも可愛いです。

ありがとうございます！

担当編集さまをはじめ編集部の皆様、営業部等の皆様、ありがとうございます。

本を販売してくれている書店の皆様もありがとうございます。

そして、なにより読者の皆様。ありがとうございます。

えぞぎんぎつね

あとがき

イラスト担当の玖珂です
ミナトの「ちゃああああああああああ！」
っていうセリフ、めちゃんこ
かわいくありませんか？
また使ってほしい
あと甘いパンいっぱい食べさせたい

玖珂つかさ

もふもふとむくむくと
異世界漂流生活
EARTH STAR NOVEL
Shimaneko
しまねこ
Illust.
れんた
犬の散歩中で事故にあい、気が付くとRPGっぽい異世界にいた元サラリーマンのケン。リスもどきの創造主に魔獣使いの能力を与えられ、「君が来てくれたおかげでこの世界は救われた」なんていきなり訳のわからない話に戸惑っていたら、「ご主人!ご主人!ご主人!」となぜか飼っていた犬のマックスと猫のニニが巨大になって迫ってきてるし、しかもしゃべってるし、一体どうしてこうなった!?ちょっぴり抜けている創造主や愉快な仲間たちとの異世界スローライフがはじまる!
シリーズ
好評発売中!
1巻
特集ページは
こちら!

みんなと仲良くピクニック！
ああ、このもふもふでむくむくな
幸せパラダイス空間、
もう最高かよ…！
心ゆくまで
もふもふの海を堪能！

メイドなら当然です。
万能メイドさんの
異世界紀行!!
濡れ衣を着せられた万能メイドさんは旅に出ることにしました
三上康明
Illustration
キンタ

俺は全てを
【パリイ】する
I WILL“PARRY”ALL
～逆勘違いの世界最強は冒険者になりたい～
鍋敷 著
カワグチ イラスト

才能がないと言われ、
磨き上げた最底辺スキルの
防御技【パリイ】で
無自覚最強は
危機に陥った王国を救えるか!?

EARTH STAR
NOVEL

ちっちゃい使徒とでっかい犬は
のんびり異世界を旅します ①

発行 ——— 2023年12月15日　初版第1刷発行

著者 ——— えぞぎんぎつね

イラストレーター ——— 玖珂つかさ

装丁デザイン ——— ナルティス：稲葉玲美

発行者 ——— 幕内和博

編集 ——— 佐藤大祐

発行所 ——— 株式会社アース・スター エンターテイメント
〒141-0021　東京都品川区上大崎 3-1-1
目黒セントラルスクエア　7F
TEL：03-5561-7630
FAX：03-5561-7632

印刷・製本 ——— 図書印刷株式会社

ISBN 978-4-8030-1882-0